喜鵲的四季

カササギたちの四季

道尾秀介
Michio Shusuke

高詹燦｜譯

目錄

春

鵲之橋

（一）

一走下小貨車的駕駛座，便傳來停車場角落盛開的瑞香酸甜的花香。星期一午後三點，日麗風和。這一個禮拜來，天天都是冷颼颼的日子，今天倒是溫暖宜人。空氣清新，鳥兒在樹梢間鳴唱，惠風和暢，可惜我錢包裡空空如也。

「可惡的流氓和尚……」

我轉頭望向小貨車的貨架，再度長嘆一聲。

貨架上以繩索固定一個桐木衣櫃。有一座寺院離我們這家店約三十分鐘車程，名叫黃豐寺，這東西就是剛才寺裡的住持硬轉賣給我的。表面有細微的傷痕，還有親戚的小孩留下的貼紙膠痕，背面長滿了白霉，宛如雪景般，這實在不是有人會想拿去再利用的家具。這擺明著是住持不想花那個時間和金錢去處理大型垃圾，所以才叫我來。

——這個……我沒辦法收購。

我盡可能語氣平靜的說道，那位長得活像是反派摔角手的住持，以傳單上那一句「什麼都能收購」當證據，朝我厲聲咆哮。

——那麼……我出五百日圓，可以嗎？

我如此提議後，他這次改為指出傳單上「高價收購，低價出售」這句話，狠狠瞪視著我。

不久，住持的眼睛逐漸瞇成一道細縫，那宛如壞掉的鱈魚子般的雙唇，嘴角微微上揚，豎起粗大的食指，以如同從地獄深處湧出的低沉聲音，提出難以置信的金額——一萬日圓。經過好長一段時間的交涉後，我終於點頭同意以七千日圓的價格收購，住持將那七張千圓鈔收進作務衣❶口袋，臉上掛著冷笑，我朝他瞄了一眼，獨自卯足了力將那不值一文的衣櫃扛上小貨車的貨架上，離開那座寺院。

「先塞進倉庫再說吧……」

我從貨架上卸下衣櫃，試著搬進倉庫裡。

但根本辦不到。停車場與店裡的倉庫相鄰，但倉庫入口設在停車場的另一側，所以有，大段距離。

搬到中途便氣空力盡的我，不得已，只好將衣櫃擱在路旁，摩擦著雙臂走進倉庫裡。入口處掛著店面的招牌。

『喜鵲二手雜貨店』

❶僧侶處理平日雜務時所穿的服裝。

「我回來了。」

裡頭有茶杯組、拖鞋架、噴墨印表機、書桌。《北斗神拳》、兒童彈跳床、《鄰家女孩》❷、家庭用空氣清淨機。雖然我們稱這裡為倉庫，但它原本是一處用來展示商品的空間。不，說「原本」好像不太對，它的用途現在依然沒變，只是因為商品賣不出去，庫存量愈來愈多，所以現在已成了一處堪稱是倉庫的場所。

「喂～華沙沙木，可以來幫我搬一下衣櫃嗎？」

我順著房裡的梯子往上走，往二樓的事務所裡窺望，沒到看華沙沙木丈助的身影，倒是看到一名身穿連帽外套搭牛仔褲，頂著一頭短髮的女孩，坐在裡頭的沙發上嚼著餅乾棒Pocky。

「日暮先生，你生意又搞砸了吧。」

她說的日暮就是我，我叫日暮正生，二十八歲。在這家只有兩名員工的店裡擔任副店長。

「聽你回來時的聲音我就知道了。『唉，我又做了一件令人難以置信的事。不過，我也是經歷了一番辛苦的交涉，現在疲憊不堪，你們要是覺得很驚訝，不敢置信，也請不要表現得太誇張，手下留情啊。』」

「菜美，妳來啦。」

她是南見菜美。這名字聽起來很像假名❸，不過這是有原因的。

「要吃Pocky嗎？」

「謝了，我不需要。」

「吃一根嘛，喏。」

「謝謝。華沙沙木人呢？在樓上嗎？」

這間事務所上面是閣樓，是我和華沙沙木共同使用的生活空間。

「不，他在廁所。」

就在這時，我聽到一陣嘩啦的沖水聲，從廁所裡走出一名身材瘦長的男子。老舊的牛仔褲，搭上褪色的史努比運動衣。手肘處破了個洞，露出蒼白的肌膚。他單手捧著一本敞開的外文書，那張清瘦的臉幾乎緊貼書本頁面，目不轉睛的盯著文字看。磨損的封面有一排金字寫著「Murphy's Law」。

「楊格（Thomas Young）的非生物移動法則……『即便是不會動的物體，也可以移動到受阻擋的地方』……原來如此。」

「又在看那本書啊？」

他從書中抬起臉來，頻頻抽動他那稀疏的眉毛說道：

---

❷安達充的漫畫。

❸南見菜美的日文音為minaminami，感覺很刻意安排。

「《墨非定律》不管看幾遍，都還是有學不完的事。存在於這世上的所有失敗案例，透過各個領域的能人所說的話，全都完美的網羅在這本書中。日暮老弟，想要自己的人生避免失敗，得先清楚知道失敗是什麼。」

這句話我已聽過不下百遍，他話講到一半，我已經能和他一起把接下來的話說完。

外頭傳來汽車短促的喇叭聲。

菜美往窗外張望。一名中年男子在馬路上好像在叫喊著什麼。

「啊，不好意思，我馬上就叫人去移開。——日暮先生，計程車司機很生氣呢。說你把衣櫃隨便擺在路上，擋到別人出入了。」

華沙沙木望向我，臉上表情就像在說「喏，看吧！」指著手中的《*Murphy's Law*》，瞪大眼睛，嘴巴微張，似乎連他自己也覺得很驚訝。

「這只是湊巧吧。」

我再次走下梯子。

「我要去搬衣櫃，你們兩位也來幫忙吧。」

我和華沙沙木在埼玉市外郊的這間「喜鵲二手雜貨店」的閣樓裡一起生活。開店兩年，同住兩年，店裡的赤字也持續了兩年。

「你花了那麼多錢收購這個玩意啊？」

華沙沙木將衣櫃搬往倉庫時，雙目圓睜。

「我也沒辦法啊……因為他脅迫我一定要出五千日圓收購。」

「可是，再怎麼說，五千日圓也太貴了吧。」

我向華沙沙木說明，這個衣櫃是我用五千日圓收購的。我付七千日圓給那名流氓和尚，但收購的發票卻是寫五千日圓。當中兩千日圓的差價，是我自己掏腰包支付。花七千日圓買這個衣櫃，我感到很羞愧，不敢如實以告，所以擅自竄改了發票。不過，連五千日圓他都這樣瞠目結舌了，我真應該照實寫七千日圓才對。

「這樣或許正好能讓日暮老弟你大顯身手呢。至少……也要將它變成一個可以賣七千日圓的商品才行。」

「嗯，我會試試看的。」

他所說的「身手」，是修理收購商品的技術。根據我畢業於美術大學的經驗，我能在某種程度上，讓舊商品看起來煥然一新，或是為新商品增添古色，看起來像古董。當初我之所以被華沙沙木看上，拉我一起做這項生意，就是這個緣故。

「日暮先生，再右邊一點。華沙沙木先生，動作再慢一點。」

菜美在商品雜陳的倉庫裡當我們的前導。

她是從半年前開始在店裡進出。她扯上某個複雜的風波，後來華沙沙木成功替她解決，這就是我們與菜美認識的經過。從那之後，她只要有空就到店裡來，吃著她自己帶來的Pocky，玩智慧環，或是緊盯著華沙沙木的側臉瞧。

之前多次我都想對她透露真相。其實當時替她解危的人不是華沙沙木，而是我。她一直以為華沙沙木是天才，而華沙沙木似乎也認為自己是天才，但他們兩人都錯了。要不是有我動了手腳，那場風波根本無法平息。最後菜美應該無法得救，而華沙沙木的下場，則是淪為一名糊塗的臨時偵探。

「日暮先生，小心，快撞到邊角了。」

「嗯。」

不過，我至今仍舊無法說出實情。因為我不想讓菜美大失所望。正因為有「天才華沙沙木」在，她才能這樣開朗的活下去。

搬運衣櫃時，我不經意的望向倉庫入口，看到一個小小的人影。是一名男孩。

「歡迎光臨。」

我出聲叫喚後，少年怯生生的走進倉庫裡。應該是小三的年紀吧？若說是店裡的顧客，那可就稀罕了。

「請進。店裡可以隨你逛哦。」

這孩子膚色白皙，身材纖瘦，感覺體弱多病。穿著像是私校制服的藏青色短褲，白色襯衫。剪齊的瀏海下，有張像人偶般僵硬的臉蛋。怯懦的雙眼，依序望向我、華沙沙木、菜美。

「你是來買東西的吧？」

「啊，嗯……」

我將衣櫃放至倉庫內用來進行修理工作的空間後，朝少年走近，他抬頭望著我，結結巴巴的說著「手、手、手」。

「手？」

「手帕被我弄丟了。」

終於說出口了。他開口後，接下來便講得飛快，毫無停滯。

「那是幾天前發生的事。我……」

少年說他之前來過這家店。似乎是來這裡找狗糧，要送給家裡養的狗「貝洛」。那天正好是貝洛出生滿一年的日子，他想買生日禮物回家。但店內沒賣狗糧，不得已，他只好兩手空空回家，事後才發現，原本放在口袋裡的手帕竟然遺失了。他記得當時曾在店裡擦汗，所以猜想一定是掉在店裡。因此今天特地來這裡找手帕。

——少年立正不動，僅花了十五秒的時間便解釋了前因後果，接著他那嬌小的下巴朝向我，彷彿在等候我的回答。

「那麼……你就去找吧，請。」

少年點了點頭，彎著腰，開始在這一帶四處走動。表情無比認真。

「有點可疑哦……」華沙沙木低語道。

「是很可疑……」菜美也跟著說道。

「那孩子說謊。」

沒錯——不管怎麼看，都是那少年在說謊。

「他說自己是因為想買狗糧才來到這裡，這說法或許還不錯。因為他要是隨便扯個謊，結果發現這家店根本沒賣他說的東西，那不就糟了嗎？譬如他要是說自己買了球棒或棒球，我們店裡也許真有這種東西，所以我們會反問一句『咦，可是你當時沒買那樣東西吧。我不記得有賣過你呢？』這麼一來就穿幫了，證明他根本沒到這裡買過東西。就這點來看，如果說是買狗糧的話，二手雜貨店不太可能會擺這種東西。這孩子還挺有一套的呢。」

菜美說得沒錯。另外再補充一點，從一個禮拜前，一直到昨天為止，接連都是冷颼颼的日子，他說自己在店內擦汗，也顯得很不自然。

「我想，那孩子該不會……」

也許是為了讓人對接下來她說的話加深印象，菜美停頓數秒後才又接著說。

「是『銅像縱火未遂事件』的嫌犯吧？」

（二）

「銅像縱火未遂事件」是這麼回事。

事情發生在兩天前的週六早晨。我在事務所裡吃我的早餐紅豆麵包，同時替華沙沙木沖咖啡，由於他喜歡吃熱的，所以我用微波爐替他將紅豆麵包熱好後，來到樓下準備打開倉庫鐵捲門。

結果發現鐵捲門已經打開了。

這擺明著是晚上有人闖入。因為原本在門內壓住鐵捲門的空心磚橫倒在一旁。由於當初才剛開業不久，倉庫的鐵捲門鑰匙就被華沙沙木搞丟了，所以我們都用附近撿來的空心磚從門內壓住，每晚用這種方式代替鎖門。當然了，這樣根本完全稱不上鎖門，但我們都稱這種行為是「鎖門」。

我發現有人闖入的痕跡後，馬上前去叫華沙沙木。我們兩人開始檢查倉庫裡的商品。但我們根本查不出來。由於商品太多，我們不清楚有什麼東西遺失。我們做著幾乎沒任何意義的檢查，旋即開始懷疑，闖入者的目的也許不是要偷竊。

——這肯定是縱火未遂！

華沙沙木如此斷言。一個足以讓人做出這番推理的證據，就留在倉庫內。一疊燒了一半的報紙。兩根燒剩的火柴。坦白說，任誰也一看便知。

所幸火勢沒有蔓延。因為焚燒的那疊報紙擺在倉庫角落，一處比較沒擺商品的地方。不過報紙所放的位置，就靠在那裡的一座銅像底座旁，而那座外形是飛鳥展翅的銅像，其木製底座被燒得嚴重焦黑。這座銅像已有人訂購，我在底座上貼上「已售出」的標籤，但似乎連那張標籤也給燒了。由於現場沒遺留燒焦味，所以對方應該是在我入睡後沒多久下的手。

華沙沙木朝那鮮明的犯行痕跡俯視良久，就像要將腦中無數交錯緊纏的細線鬆解開來般。接著他突然抬起頭來說道：

——嫌犯的目的不是要對倉庫縱火，他的目標一定是這座銅像！

應該是這麼回事吧，我心想。

——所以他才會在這種地方焚燒報紙。在這個地方，不必擔心會延燒到其他商品，而且又能確實的對銅像造成損毀。

——可是，為什麼要縱火損毀銅像呢？

——日暮老弟，這要再多給我一點時間。只差一步了。只要再一步，就能將軍了。

我知道「只差一步」是華沙沙木想不出點子時的口頭禪，而且這種事本來就該交由專家去處理，所以我取出手機，想早點報警。但華沙沙木卻迅速一把抓住我的手。

——日暮老弟，不能這麼做。

華沙沙木緩緩搖頭，視線投向倉庫內的一隅。那裡擺著我們稱之為「禁果」的一堆商品。諸如家具、擺設物、電子產品，以及其他種種物品。這全是我們從資源回收站裡偷來的。由於店內赤字連連，所以華沙沙木想賣一些進貨成本為零的商品，多少提高一點利潤，因而從各地的資源回收站找來可用的東西，由我來動手修理。但後來我們得知擅自將垃圾帶回變賣，有可能會觸法而被問罪，因而打消販賣的念頭，不過，要是全部都要送回原來的地方又過於麻煩，所以我們索性先貼上「已售出」的假標籤，藏在倉庫裡，防止此事曝光。

——日暮老弟，只要有那些東西在，就不能報警。

不得已，我只好放棄報警的念頭。

——這麼一來，就靠我們自己的力量來解決吧。

——咦？

——打從剛才起，我的腦細胞就頻頻發出叫喊。快讓我們工作，快讓我們工作。

華沙沙木雙眼發出斑斕精光，如此說道。

那座銅像是一星期前的早上，華沙沙木花了六千五百日圓，從一名突然來到店裡的男子手中買下。當時我正前往附近的社區發傳單，沒遇見那名男子。男子好像是名矮小又駝背的中年人，戴著針織帽、口罩、墨鏡。說起話來含糊不清，與他對應的華沙沙木直覺他也許是小偷。我聽聞男子的模樣描述後，認為可能性相當高，但要是惹出不必要的問題反而麻煩，所以我保持沉默。

——日暮老弟，我們先來確認一下當初賣我這座銅像的男人是什麼來歷吧。

我們前往樓上的事務所展開調查。華沙沙木手上那份男子的地址，根本沒這個地方，而電話號碼也是空號。福田純一郎這名字恐怕也是對方信口胡謅。收購商品時，其實應該向對方索討像駕照這一類可以證明身分的證件，影印一份留底，但華沙沙木常偷懶沒這麼做。

我真是太大意了——華沙沙木仰天嘆道。

——沒辦法了，只好從那座銅像來追查線索，找出真相。

我們又走下倉庫，蹲在銅像旁仔細調查。如前所述，那是飛鳥展翅的造型，底下附上長方形的木製底座。翅膀幾乎是水平往兩邊伸展，從翅膀的一端到另一端長約五十公分，相當巨大的擺設品。看起來像隻小烏鴉，也像大麻雀，但可惜沒上色，所以看不出它到底是什麼鳥。它的姿勢相當生動，如果仔細看鳥的頭部，會發現它有一對渾圓的眼珠，模樣討喜。

——啊，日暮老弟！這裡有痕跡。

在鳥腹部位的正中央一帶，有一處像肚臍般的凹陷缺口。可能是用螺絲起子之類的東西刨出的吧。被挖出約直徑五公釐、深三公釐的凹洞，露出青銅的質地原色。

——這是嫌犯留下的訊息！

華沙沙木右拳緊抵向嘴邊，就像在壓抑心中的興奮般。

——嫌犯在銅像上留下給我們的訊息！

是這樣嗎，我心裡感到納悶。

……

我在腦中將之前發生過的事重溫過一遍後，把臉轉向菜美。

「妳的意思是，那個男孩就是燒焦銅像底座，在銅像上刨出肚臍眼的嫌犯？」

「沒錯。他在犯案時遺失了手帕。所以才會扯謊說要買狗糧什麼的，來這裡尋找。」

「換句話說……他來這裡是為了找回自己遺留在現場的失物嘍？」

華沙沙木瞇起眼睛，凝睇著那名少年。

對了，打從剛才起，有件事一直令我感到在意。那是因為菜美提到銅像的事，我才猛然想起……那好像是半個星期前的事吧。當天晚上，事務所電話鈴響，一名男子提出奇怪的詢問。

——你們那邊是喜鵲二手雜貨店嗎？我想請問一下，你們那邊有飛鳥造型的銅像嗎？

由於我們才剛收購那座銅像，所以我當然回答有。接著對方問是什麼樣的銅像，於是我便向他說明銅像的形狀和大小。

——我正好想買一個像你說的那種銅像擺在玄關前當裝飾。下星期一我去你們店裡買，可以幫我先留著嗎？

男子說完後便掛上電話。所以我才在那座銅像上貼了「已售出」的標籤。

對了，對方在掛斷電話時，我聽他好像還另外說了些什麼。

——啊，純……

那句話是什麼意思呢？

「華沙沙木，電話裡說要買銅像的人，好像是今天會來對吧？」

我試著告訴他這件事，但華沙沙木卻馬上舉起手打斷我的話。

「日暮老弟，先別提那些不必要的情報。生意的事先擱一邊。總之，現在先讓我將所有集中力都放在那名少年的行動上。一名縱火未遂的小嫌犯會採取的行動。」

「可是……」

「聽我的就對了。」

華沙沙木根本置若罔聞。

之後少年將倉庫內的每個角落都走過一遍，朝各個陰暗處窺望。最後來到我面前，帶著惴惴不安的神情，朝我們身旁繞了兩圈。

華沙沙木可能是已經觀察膩了，這時終於開口。

「小弟，你要找的東西找到了嗎？」

「啊，嗯。」

這似乎是少年慌張時慣有的反應。

華沙沙木一步步朝少年走近，對他說道：

「墨非定律中，有一條可能對你有幫助哦。歐布萊恩認為『如果想早點找到你要找的東西，就從其他東西先找起』。小弟，你何不試著先找找看其他東西呢？例如……對了。」

華沙沙木停頓片刻，臉上露出令人發毛的笑容，望著少年。

「……像飛鳥造型的雕像，你覺得如何？」

他在向少年套話。

但少年卻只是抬頭仰望華沙沙木，露出不解的神情。

「喂，我說飛鳥的雕像，你聽到了嗎？」

「雕象……你是說大象嗎？」

「大象？才不是大象呢。我是說雕像，銅像。算了！」

沒能套話成功，華沙沙木略感心急。

華沙沙木適時的停止糾纏，使出下一個手段。他突然放鬆全身的力氣，高舉雙臂，像是很舒服的伸了個懶腰，接著說道：

「我像你這麼大的時候，也玩過許多遊戲呢。」

他嘴角輕揚，接著突然定睛筆直的望向少年雙眼。

「例如玩火之類的。」

但這次少年一樣沒有反應。少年一臉困惑，露出極力想聽懂對方話中含意的表情，不久，他側著頭向華沙沙木問道：

「那座飛鳥的銅像……不見了是嗎？」

「咦？」

「因為你剛才說要找這座銅像。」

「啊，不，不是那個意思。不，就是這麼回事。那座飛鳥的銅像。」

華沙沙木說的話，現在連我都聽迷糊了。少年似乎更加百思不解，他移開目光，一直望著腳下，沉默不語。

「這裡好像沒有我的手帕……算了。」

少年說完後微微鞠了個躬，離開倉庫。

「華沙沙木先生，現在怎麼辦？」

菜美馬上輕聲詢問。

「當然是隨後跟蹤嘍。」

華沙沙木也以尖銳的氣音回答。

「我可以跟你去嗎？」

「好啊。日暮老弟，你也來。」

「我就免了吧。」

華沙沙木露出很遺憾的表情。

「因為之前那位說要來買銅像的人也許待會兒就來了。」

（三）

華沙沙木和菜美離開店裡去跟蹤那名少年後，過了不久，那位客人便現身了。

「我是之前打電話說要買飛鳥銅像的人。」

此人身材高大，神情精悍，一對濃眉，外加如同攤開的文庫本書背般挺直的鼻梁，令人印象深刻。年近五十。

「事情是這樣的，您要的那件商品出了一點小問題……」

我如實的將銅像底座燒焦，而且飛鳥腹部像有個像肚臍眼的凹痕這件事告訴男子。男子聞言後，眼睛瞪得像銅鈴般緊盯著我。

「怎、怎麼會發生這種事？」男子神色慌張的問道。

有人半夜闖入倉庫的事，我一時不知該不該告訴他。猶豫再三後，我決定先瞞住再說。

「我家有個小孩，惡作劇。」

我隨口找個理由搪塞。

「你、你、你家的小孩？」

「呃……嗯……是的。」

「總之，先讓我看那座銅像。你搬過來這邊。」

我從事務所裡搬來那座銅像，讓他檢查。男子從喉嚨深處發出沉聲低吟，五官全往中間皺成一團，直嚷著「你、你、你」。

「瞧你家小孩幹的好事！」

雖然我並非真的有孩子，但男子這句話令人聽了不太舒服。

「請您別那麼生氣，小孩子不懂事嘛。」

「這不是你們店裡的商品嗎！」

「是，這確實是我們店裡的商品。正因為如此，我沒道理要聽你批評。」

「你好歹該管好你家的孩子吧！」

「我管教很嚴格呢！」

這時，我覺得自己彷彿真有個孩子，一個率直、可愛，看到路旁有淋溼的小貓，絕對不忍心放著不管，善良乖巧的兒子。

「身為父親的我這樣說或許有點不太恰當，不過，我兒子比這一帶的孩子都來得懂事多了。早上還會替我沖咖啡呢。就連他要吃紅豆麵包時，也不忘問一句『爸，要我用微波爐幫你熱一下紅豆麵包嗎？』」

「誰跟你談紅豆麵包啊！鑰匙孔變成這樣，你要怎麼補償我？」

「鑰匙孔？」

男人頓時閉口不語。

「你剛才說鑰匙孔對吧？」

對此，男子不置可否，就只是從鼻孔重重的呼氣，取出錢包。

「多少錢？」

「什麼？」

「這座銅像啊。它還算是商品對吧？你開價多少？」

我在腦內打起了算盤。當初收購價是六千五百日圓，若加上店裡的收益三千五百日圓，則剛好是一萬日圓。順便連今天我自掏腰包付給那個流氓和尚的兩千日圓也加進去吧。

「一萬五千日圓。」

我如此說道。另外三千日圓是為了我那被他瞧不起的兒子。

「好吧。」

男子安分的付錢，接過我替他裝箱好的銅像後，扛著走出店外。

我緩緩拉下鐵捲門，當然是隨後展開跟蹤。

男子走進一戶人家，我望向那棟屋子的門柱，上頭的門牌用的是帶有光澤的材質，以浮雕刻著「加賀田」三個字。這是一棟兩層樓的日式房子，仍帶有某個時代遺留的風情，佔地遼闊。門內可以窺見庭院的一角，有一整排修剪整齊的黑松與羅漢松。

望向掛在門上的木牌後，我暗吃一驚。

『加賀田銅器（股）店面請往這邊走←』

箭頭前方是一棟像工廠般的建築，隔著庭院與住家相望。這到底是怎麼回事？那名男子明明是製造銅製品的公司員工，為什麼要花錢買中古的銅製品呢？

我決定姑且先到工廠裡探個究竟。那是四面滿是裸露的水泥牆，而且外形平坦的方形建築。工廠的一角是店面，看起來如同是把一個迷你模型屋嵌進豆腐裡一樣，只有店面有屋瓦。

隔著拉門的玻璃可以望見裡頭。一名身穿工作服，鼻子長得像茄子的老先生，正與裡面的人談話。對方坐在輪椅上，是位年事已高的老太太。老太太身後站著一名身材苗條的美麗女子，但她顯得一臉倦容。老太太轉頭望向女子，氣沖沖的說了些話。女子縮著身子回應。想必是挨罵了。不久，女子轉動輪椅，就此和老太太一起走進裡頭，不見蹤影。

我走進店內，那位長著一顆茄子鼻的老先生笑咪咪的朝我走來，雙手交疊於腹部前方。

「歡迎光臨。您是要找既有的產品？還是特別訂做呢？」

「啊，呃……」

「如果是要既有的產品，全陳列在這邊的架子上，那本商品型錄上也有許多商品可供選擇。

如果是特別訂做，不管您提出什麼要求，我們都能辦到。當然了，就算是製作人物也沒問題。只要讓我們照幾張照片，根據照片做鑄模——」

「其實我是無意間走進來的，請問你們這裡……是什麼樣的店啊？」

我才剛問完，老先生驀地眼角垂落，雙唇緊抿。我以為是自己說了什麼不該說的話，不自主的窺望他的表情，接著他突然抬眼，如連珠砲似的說了起來。

「加賀田銅器股份有限公司，是成立至今已有四十八年歷史的老店。自創業以來，從貝殼陀螺[4]，乃至於家中的水龍頭、排水溝蓋等，全都製造，而這二十年來，則是全力投入銅像的製作販售中。說到銅像，如同它字面的意思，是以青銅打造的雕像，青銅的英文是bronze，是銅與錫的合金。作法是先用黏土製作原型，再依照原型以石膏做出鑄模。以這個鑄模當外模，再做一個比它小一圈，稱之為內模的鑄模。再來只要將熔化的青銅灌入其內外側，也就是外模和內模中間，等凝固後再拆下鑄模，與原型一模一樣的銅像就完成了。說起來，和女孩子在情人節時做的巧克力同樣道理。以我們加賀田銅器的情況來說，這些作業全都在工廠內進行，今天因為是工廠的休假日，所以特別安靜，不過平時工匠們的聲音此起彼落，充滿朝氣。由於時常會用火，所以冬天待在店裡特別暖和。不過，夏天可就熱得教人受不了。」

老先生像在說書似的，一口氣講出這一長串說明。講得滾瓜爛熟的內容，再搭上他咬字清晰的獨特口吻。

隔了一會兒，老先生露出又要接著往下說的表情，於是我趕緊說一句「還真多樣呢」，隨口編了個感想，強行讓他的發言告一段落。

「先生，您要找什麼樣的產品？是要自家用，還是送人當贈禮呢？」

「呃……我想買給兒子當禮物。」

我臨時想出這樣的回答，老先生喜孜孜的頷首，站在我和商品展示架中間。

「要買給兒子啊，原來如此。請問令郎今年幾歲呢？」

「幾歲是吧……」

「嗯？」

「啊，他今年小三。」

我不自主的以之前那名少年的形象來回答。

「哎呀，先生，您看起來真年輕！」

老先生後退一步，仔細打量我。

「如果是小三的男孩，像這種摩托車、船艇，或是汽車，應該都很合適。你覺得這些怎樣？

❹源自於平安時代的一種陀螺。原本是在貝殼裡塞入沙子和黏土，使其轉動，後來改為鐵製。遊戲方式是比賽看誰先把對方的陀螺彈出場地外。

還是要這種的？如果是特別訂做，我們也可承接哦。例如製作令郎喜歡的女生銅像。」

「他還沒有喜歡的女孩。」

「哎呀，這可難說哦。」

「他才三年級，哪會啊。」

「現在的孩子可早熟的呢，呵呵呵。」

想到我那虛構的兒子開始對異性感興趣，逐漸對父母漠不關心，我心裡略感落寞。

「您覺得特別訂做怎樣？不過會比既有的產品貴一些哦。」

「無論什麼東西都能做成銅像嗎？」我測試性的問道。

「可以、可以。我們會先請您拍張照，像這樣。」

老先生一面說，一面拿起擺在一旁桌子上的拍立得相機，也沒先知會一聲就朝我拍照。只聽得喀嚓一聲，眼前鎂光燈一閃，相機已吐出照片。

「只要用不同角度拍五、六張照片，就能造出完美的鑄模。因為這是拍立得相機，不用花時間等照片沖洗，只要工廠有時間處理，當天就能作業。其實數位相機也很方便，但可惜我、廠長，以及店內的工匠們，全都是機械白痴……啊，這張照片請您留作紀念吧。」

我接過老先生遞出的照片，心中暗忖，真想問出剛才那名男子的來歷，但我該怎麼向老先生試探才好呢？

「老伴，你看恐龍怎樣？」

突然傳來另一個聲音，我嚇了一跳。

「喏，小新不是最喜歡恐龍嗎？對方就讀小學三年紀，不是正好和小新同屆嗎？」

「啊？對哦。」

仔細一看，店內深處擺著一個低矮的木製工作檯，一名穿著工作服，身材圓滾滾的老太太，正在擦拭商品。由於之前她一直背對著我，所以我本以為是什麼擺設，說來對她真是抱歉。

「你們說的小新是……」我心想有這個可能，便放膽一問。

「是不是膚色白皙，身材清瘦，前額還有瀏海？」

「咦，先生，您怎麼會知道我家小新？」

老先生一臉詫異的朝我重新端詳。

「哦，他是我兒子的同學。叫作加賀田……新之助。」

「是新太郎才對。」

「對對對，是新太郎。」

那名少年是這戶人家的孩子？這麼一來，到我們店裡買飛鳥銅像的男子，與少年又是什麼關係呢？該不會是父子吧？

「冒昧請問一句，小新是兩位的孫子嗎？」

我試著如此打探，老先生和老太太聞言，不約而同的朗聲大笑。

「我們只是店裡雇用的員工。不過，要是我們真有那麼可愛的孫子就好了，可惜我們沒有孩子。」

可能是一提到小新便話多了起來，接下來老先生連我沒問的事也自己全說了。

「自從社長身體欠安，純江夫人全副心思都用來照顧她之後，我們就不時會替小新做飯。像星期六、日的午餐之類的。雖說是我們，但其實都是我太太一個人在忙。」

老先生放聲大笑。

純江想必是小新的母親。至於社長……

「您說的社長，是小新的爺爺嗎？」

坦白說，我的長相很適合處理這種情況，這點我很有自信。不是我臭屁，打從我出生到現在，幾乎沒被人懷疑過。

「不，小新的爺爺是前任社長。現在的社長是他的妻子德子夫人。自從前任社長過世後，德子夫人便繼承了這家公司。」

德子社長和小新的母親純江，難道就是剛才我在外面看到的那兩人？我若無其事的向老先生詢問此事，果然和我猜的一樣。

「社長請純江夫人推輪椅，每天多次巡視工廠和店內的情況。今天是工廠的休假日，所以她只到店裡巡視。她為人嚴厲，要是我們的態度稍有鬆懈，就會被社長狠狠訓一頓。」

可能這樣她覺得開心吧。老先生搖頭苦笑。

「話說回來，小新的母親可真辛苦呢。又要照顧孩子，每天又要照料婆婆。」

老先生雙眉垂落，點了點頭。

「是啊，真的很辛苦。她好像都很少有機會外出。前任廠長在世時，社長對純江夫人也沒這麼嚴苛。現在這個樣子，幾乎可說是刻意刁難她……哎呀。」

說到這裡，老先生似乎這才意會到自己話說多了，急忙伸手摀住嘴，不過，就一般人的感覺來說，他是遲鈍了點。

「先生，真是不好意思，對您說這些不該說的話。」

牆上時鐘來到四點，發出鐘響。我店裡空著沒人，不能在此久待。

「對了，加賀田家有一位帥哥對吧？我曾見過他幾次。就是那位啊，有一對充滿陽剛之氣的濃眉，鼻梁挺直的男士。」

「濃眉、鼻梁……你說的是信次先生嗎？」

「對對對，信次先生，原來他叫信次啊。他是小新的父親嗎？」

「不，是小新的叔叔。小新他已故父親的弟弟。公司日後就是由他來繼承。」

「不只是繼承公司哦。」

老太太別有含意的在一旁插話道。老先生似乎也有同感，頻頻點頭。

「不只是繼承公司……這話什麼意思？」

「咦？不，沒什麼意思……」

老先生隨口敷衍幾句，老太太也若無其事的移開目光。

應該是指財產吧，我心中暗忖。加賀田家似乎財力雄厚。

我決定順便再多調查一些事。

「信次先生結婚了嗎？」

「不，他還沒成家。因為他現在是廠長，管理手下的工匠們，所以才沒空結婚吧。」

「也是啦。」

這麼一來，我已大致明白那名男子和這家人的關係。買走那個底座燒焦的銅像的男子，就是這裡的廠長，德子社長的次男。先前的廠長是長男，已經過世。那名已故的長男，他兒子就是小新，妻子是純江。純江整天都忙著照顧她婆婆德子社長。

最後就只剩那座銅像的事了。

「回到原先的話題吧。可以請教您一下關於銅像的事嗎？我想買來送我兒子當禮物，有沒有那種裡頭可以放東西的銅像呢？例如某個地方設有鑰匙孔之類的……」

老先生露出一臉「你問對了」的表情，雙眼注視著我。

「先生，如果是這樣，那您找我們可真是選對了。這正是我們所擅長的。這是前任廠長——小新他父親所設計。我們公司就專門製造這種銅像。包準你在其他店家找不到。例如這個。」

老先生從展示架上取來一個哆啦A夢的銅像，取下一把用透明膠帶貼在它後腦上的鑰匙，插進哆啦A夢的百寶袋裡。轉動半圈後，裡頭傳來喀嚓一聲，百寶袋就此往前滑出。變長的百寶袋，活像是倒放的長條魚板，從哆啦A夢腹部取出後一看，裡頭裝著一個T字形的小東西。

「是竹蜻蜓。」

老先生一臉得意的拿起那個小東西，將它戴在哆啦A夢頭上。

「這叫作盒中物，其他店做不出來。雖然也有類似的產品，不過在安全層面上，跟我們完全沒得比。」

「您這話的意思是？」

「只要沒有專屬的鑰匙，就打不開。裡頭的青銅緊緊咬合。所以可用來隱藏祕密。如果硬要把它撬開，就只能把整個銅像毀了才行。啊，附帶一提，這個哆啦A夢我們可是獲得授權許可才製造的哦。」

「聽您這麼說，那有沒有做成飛鳥造型的銅像呢？」

它應該是這一連串事件的核心要素。

老先生側頭尋思。

「飛鳥造型……沒有耶。」

「啊？沒有？」

我大感意外。這麼說來，那座飛鳥銅像就不是這裡製造的嘍？

正當我如此思索時，老先生接著道：

「如果是非賣品，我們倒是有。那是前任廠長以前試做的作品。做成飛鳥的造型，而且就是盒中物的設計。不過那是非賣品，感覺就像是前任廠長個人的藝術創作。他不太像廠長，反而比較像一位藝術家。那座飛鳥銅像未經其他工匠之手，是廠長獨自一手打造，而且沒擺在店裡，一直都放在家中。」

「是不是像這樣往兩邊展開雙翅的造型？」

我比出T字形，老先生見狀後，直呼「對對對」，不住點頭。

「它有個名稱，叫作『烏鵲橋』。先生，您怎麼會知道呢？它應該沒在外面展示過啊。」

「啊……呃……」

眼下得找個巧妙的藉口才行，正當我努力苦思時，老太太轉頭說道：

「不就是之前被偷走的那個東西嗎？」

「嗯？啊，對哦。被小偷給偷走了。」

「被偷走了？」

老先生仔細做了如下的說明。

那是上個禮拜天晚上發生的事。全家人都熟睡時，德子社長突然醒來，發現不太對勁。隔著一扇拉門的隔壁房間裡，有人沒點燈，偷偷摸摸的來回走動。那是她已故的長男，也就是小新的父親生前所住的房間，現在是空房。裡頭擺的是他的個人物品，以及他自己做的銅像，那稱不上什麼昂貴的物品，但最重要的是，房間角落裡有一個裝有現金的金庫。德子社長馬上明白隔壁有小偷，但是她行動不便，只能叫人來幫忙，於是她扯開嗓門尖叫。接著隔壁馬上傳來有人跑走的聲音，隔了一會兒，睡在一樓其他房間的純江和小新，以及獨自睡二樓的信次，都火速趕至。

大家合力檢查隔壁房間。雖然金庫的門沒被打開，但清楚留有用鐵撬之類的東西撬過的痕跡。好在沒有財物損失，眾人皆鬆了口氣，然而……

「仔細確認過房間的情況後發現，金庫旁有座銅像不見了。一定是因為小偷沒偷到錢，所以拿走手邊的一座銅像充數。」

「就是那個飛鳥銅像嗎？」

沒錯、沒錯，老先生頷首，發出沙啞的笑聲。

「可是，那應該賣不了多少錢吧。賣給當鋪或二手商店，大概只能賣個五千日圓，頂多也只有七千日圓吧。」

挺不錯的線索。華沙沙木以六千五百日圓收購這座飛鳥銅像。照剛才聽到的那番話來看，賣銅像給華沙沙木的人，可能就是潛入加賀田家的小偷。他本想從金庫裡偷錢，但是被家人發現，不得已，只好抱著手邊的銅像落荒而逃。最後將它賣到我們店裡。

這時，老先生恢復生意人的嘴臉。

「因為這個緣故，盒中物的飛鳥銅像，不算是店內既有的商品。」

「哦，這樣啊。」

「您想特別訂做一個嗎？」

小偷。被偷走的銅像。燒焦的底座。被刨壞的鑰匙孔。前來買回銅像的信次。前來找手帕的小新。——這中間有什麼關聯呢？我側頭不解，頻頻搔抓後腦勺。這時，隔著店裡的玻璃門，我看到兩個人影。他們一看到人在店裡的我，立即停步，露出驚訝的表情。

是華沙沙木和菜美。

「不好意思，我下次再來。」

我隨便說幾句客套話，就此走出店外，催促華沙沙木和菜美走到老先生和老奶奶看不到的地方。

「日暮老弟，你為什麼在這裡？」

「待會兒再告訴你。你那邊查得怎樣？」

華沙沙木說，他們跟蹤少年，在鎮上四處閒逛，最後來到了這裡。

「他剛才走進『加賀田』那戶人家的大門。終於查出他的住處了。」

「我看看。」

我往住家的大門走去。在庭院裡，看到小新的背影，以及德子社長、替她推輪椅的純江。德子社長與小新說話時的表情，和剛才她在店裡的態度截然不同，那笑咪咪的模樣，教人看了覺得有點發毛。

小新對純江說了些話。純江從樸素的短裙口袋裡取出一個方形的東西，面帶微笑的回話。那是手帕。小新嬌小的背影，看起來似乎鬆了口氣。接著他旋即走進家裡的玄關。——這時傳來德子社長的聲音。

「妳真是個笨蛋。」

她的說話口吻宛如朝對方潑冷水般，聲音則像是裝設了小喇叭，將音量調到最大的收音機，極為刺耳。

「會弄丟東西，就證明妳是個笨蛋。都怪我那兒子，沒把媳婦管教好，年紀輕輕就過世了。就算日後我死了，也不會分半毛錢給妳。要是錢被妳拿去揮霍，我可受不了。我不會聽妳抱怨的。妳是因為整天在我身邊照顧我，才能繼續住在這裡，光憑這點，妳就該心存感謝了。」

純江似乎很擔心會被小新聽見，只見她咬著嘴唇，頻頻不安的向玄關張望，儘管如此，德子社長每說一句話，她就會縮著身子點頭，答話回應。——看在我眼裡，感覺她每次點頭回應，似乎就多消瘦一分，臉色變得更淡薄，身形也變得更嬌小，雖然這是不可能的事。我從沒見過這麼楚楚可憐的人。她的站姿、表情、動作，甚至是落向地面的影子，都顯得楚楚可憐。這種形容是有點怪，不過，她可憐的模樣令我看得入迷。感覺與我兒時過世的母親有幾分相似。也許是那脂粉未施的臉蛋，讓我產生這樣的聯想吧。家母也是個可憐人。

「我看出來了……！」

耳畔突然傳來華沙沙木的聲音。他弓著背，臉貼在我身旁，緩緩摩挲著下巴。

「那少年的母親正是『銅像縱火未遂事件』的嫌犯。三天前那晚，就是她潛入了我們店裡的倉庫。——星期五晚上，她帶著一疊報紙到倉庫來，把報紙放在銅像底座旁，點火後便離去。但事後她到處都找不到自己的手帕，因而開始心慌。她心想，該不會是掉在倉庫裡吧？這時候，她兒子登場了。不知為何，他知道自己母親潛入二手雜貨店倉庫裡所幹的壞事。因此一見母親慌張找尋手帕的模樣，馬上便推測出母親如此慌亂的原因。於是他心想，如果手帕在犯案現場被人發現，媽媽就會被警察逮捕！但偏偏少年的母親又無法親自前往找尋手帕。因為她要照顧那位老太太，無法讓家裡空著沒人。南見，如果是妳，妳會怎麼做？」

「咦？」

菜美皺著眉頭沉思片刻後，陡然抬起臉。

「我會代替媽媽，自己去找手帕！」

一點都沒錯，華沙沙木如此說道，單手托腮。

「所以那名少年才會到我們店裡來。編出狗糧之類的謊言，在倉庫裡找尋他母親遺留的東西。我們看他這樣，才會一時沒想太多，就當他是闖入倉庫的嫌犯。——到最後才發現，原來是他母親自己誤會了，手帕好端端的在家裡。根本就沒遺落在犯案現場。少年剛才確認了這件事。」

「可是華沙沙木，他母親為何要那麼做？為什麼潛入我們的倉庫，在那座銅像旁燒報紙呢？」

經我這麼一問，華沙沙木長嘆一聲，視線望向地面。

「唯獨這點，我還沒想透。不清楚她的動機為何。就差這一步了。就只差這最後一步了……」

過了一會兒，我們決定先回店裡再說。我提議在加賀田家和工廠四周繞一圈，先觀察一下再走，華沙沙木和菜美也都沒反對。

工廠後方有個用鐵柵欄區隔開來的角落。

入口處是一扇大門，緊緊關著。看來，這似乎是工廠廢棄物的放置處，藥劑空罐、木片、用過的石膏、鐵絲等，各種垃圾經過分類後，全集中在這裡。沒完成的廢棄銅像，可能也丟棄在這裡，在木框區隔出的某個角落，就放置了幾個這樣的銅像。依我看，根本看不出它們哪裡有瑕疵，但一定是有什麼小裂痕或歪斜不正吧。

「你們看那個……」

菜美指著當中的某一點。躺在那裡面朝天空的，竟然就是那座飛鳥銅像。不久前信次從我們店裡買走的銅像。

「南見、日暮老弟，你們看！銅像腹部開了個洞！」

仔細一看，銅像腹部開了個方形的洞。可能是用機械或某種工具強行撬開，洞口周圍嚴重扭曲變形。

（四）

「將軍。」

那天晚上，在沙發上沉思良久的華沙沙木，突然如此說道。

當時我正在事務所內的小廚房裡以醬油炒竹輪，準備當晚餐的配菜。菜美似乎很在意今天那件事的結果，明明晚餐時間到了，卻始終沒有要回家的意思，現在還坐在華沙沙木身旁，用湯匙戳著她擅自放進冰箱裡的養樂多冰。

「你知道真相啦？」

菜美大聲叫道。

「我全都搞懂了。想聽嗎？」

「想聽，快告訴我！」

「日暮老弟呢？」

「可是我正在炒竹輪……」

華沙沙木以帶刺的眼神投向我，不得已，我只好熄去爐火，坐向他面前。

「在聽完日暮老弟說出他的所見所聞後，我終於明白真相了。關鍵字是『遺產』、『遺囑』，以及『火焰產生的熱』。」

華沙沙木提到的這三個名詞，菜美獨自在口中喃喃重複了一遍，但似乎還是解不開這深奧的字謎。當然了，我也是聽得一頭霧水。

「我到現場說明好了。待會兒我們再去那戶人家一趟。」

華沙沙木霍然起身，菜美也跟在他身後，我急忙加以勸阻。

「華沙沙木，晚飯就快做好了耶。」

「沒空管晚飯了。」

「可是菜涼了不好吃呀。」

「用平底鍋隨便熱一下不就行了嗎。」

「還有，菜美也差不多該回家了吧。」

聽我提到菜美，華沙沙木似乎這才改變念頭，手托著下巴，沉默不語。

「好啦，我明白了。那就明天早上吧。南見，妳明天早點出門，在上學前先繞來這裡一趟。」

菜美垂著雙肩，一臉遺憾，接著很明顯的朝我投以責備的眼光。

我是為了她好，才刻意這麼說的。

（五）

隔天一早七點半，我們來到加賀田家門前。店面的玻璃門內窗簾緊閉，公司員工似乎還沒上班，工廠和店面都闃靜無聲。

「這邊。」

身穿國中制服的菜美，以及因為沒睡飽而迷迷糊糊的我，被華沙沙木帶進建築物後方。是之前那處放置廢棄物的場所。高大的鐵門掛著一把鎖。

「據我研判，能解釋這一切的東西，就藏在那座銅像裡。——日暮老弟，我要你來辦這件事。」

「辦什麼事？」

「你去查看銅像裡面的情況。」

要我去做啊？

不得已，我只好環顧四周，確認四下無人後，微微後退幾步，展開助跑，撲向那扇大門。經過一番手忙腳亂後，好不容易越過鐵門，來到鐵門的另一側，平安落地。

「是看這裡面是嗎？」

那平展雙翅的銅製飛鳥，默默仰望春日清晨的晴空。它腹部開了個方形的洞，洞口周邊凹陷，彷彿承受過一番強大的力量擠壓，至於洞內……

「嗯。」

我把手指伸進銅像腹中，感覺摸到一個被隨手揉成的紙團。我以指頭夾住它，緩緩取出。那個紙團是已燒焦成褐色的信封。已被人拆開過。

「拿過來給我。」

我隔著鐵門把它遞給華沙沙木後，再次助跑翻越鐵門。

「華沙沙木先生，這是什麼啊？」

菜美雙目圓睜，緊盯著信封瞧。

「是遺囑。」華沙沙木回答道。

「是被火烤焦，已無法判讀的遺囑。德子社長寫的遺囑。」

華沙沙木靈活的運使著他那纖細的手指，很仔細的將燒焦的信封拉平。並從中取出一張折成四折，已燒焦成褐色的信紙。打開來一看，幾乎已全部燒焦，以墨水寫成的直書文章，已完全無法辨識。不，有幾個地方還是看得出文字，例如「兒子」、「財產」、「全部」。

華沙沙木朝信紙凝望半晌後，合上眼，露出悲痛之色。

「果然和我想的一樣……」

「華沙沙木先生，請你快說明吧。」

菜美扭動身體。華沙沙木頷首，轉身面向我們。

「這次發生的事件，其實是因為加賀田家的遺產繼承所引發的紛爭。德子社長決定死後要將住家、工廠，以及其他各項財產全留給她的二兒子信次，並將此事寫進遺囑。信次和純江都知道遺囑的內容。一定是德子社長自己跟他們說的。——純江無法接受。她認為自己身為長男的媳婦，卻得不到遺產，實在很不合理。也許她曾要求德子社長修改遺囑，但德子社長沒理她，於是純江就企圖找出這份遺囑，想將它燒毀。信次看出這點。他向德子社長進言，說遺囑會有危險，暫時先交由他來保管。於是德子社長便把遺囑交給了他……」

華沙沙木朝那座銅像努了努下巴。

「他把遺囑藏在銅像裡，以鑰匙鎖上。」

「我明白了！後來剛好小偷闖進，偷走銅像對吧？」

「一點都沒錯，南見。——得知事情經過的信次，急忙追查銅像下落。他可能已打電話問過幾家當鋪和二手雜貨店，詢問他們店內是否有飛鳥銅像。最後終於找到我們這家店。信次就此放下心中的大石，並約好在星期一休假時前來買那座銅像。但這時出了狀況。信次打電話到我們店裡時，純江在一旁偷聽。從信次的言談間，她發現銅像中藏有什麼東西。於是她馬上便猜出那是什麼。是德子社長的遺囑。終於查出遺囑所在處的純江，先下手為強。」

「也就是說，她偷偷潛入倉庫裡，想燒毀遺囑是嗎？」

「南見，妳挺厲害的嘛！」

沒錯，就是這樣。

「她潛入倉庫後，發現了她要找的銅像。但沒有鑰匙打不開。她以螺絲起子之類的工具破壞鑰匙孔，想強行撬開，但一直沒能得手。偏偏又無法將整個銅像搬走銷毀。因為它體積太大，帶回家裡會被人發現，找地方隱藏或是丟棄，又不太放心。於是她想到一個既不用搬動銅像，也不用將它打開，就能銷毀裡頭遺囑的方法。」

「……火！」

菜美為之瞠目。

「純江是用火燒那座銅像對吧！」

華沙沙木在肩口處彈響手指，食指指向菜美。

「沒錯……這就是『銅像縱火未遂事件』的真相！」

接著他抬頭仰天，瞇起眼睛，就像是在重新玩味他精采的推理一般。

思忖片刻後，菜美提出疑問。

「可是，就算純江銷毀了遺囑，要是德子社長又重寫一次，那不就白忙一場了嗎？而且信次也許已經馬上告訴德子社長這件事，要她這麼做。」

「純江有自信，信次不會這麼做。所以她才會拚了命去銷毀遺囑。」

「這話怎麼說？」

「因為有孫子在。如果德子社長現在重立遺囑，繼承人很有可能會改為小新。也許當初立遺囑時，小新還很小，但如今他已經是小學生了。而且從昨天的情況來看，德子社長很疼愛他。」

「這麼一來，信次就不敢將遺囑燒焦的事告訴德子社長了。」

正確答案——華沙沙木做出拿槍朝菜美臉上開了一槍的動作。接著以犀利的眼神注視著眼前加賀田銅器工廠，以及它對面的加賀田家。

「接下來，純江的計畫可能會邁入第二階段。讓德子社長更加疼愛這個孫子，等到婆婆心中想將遺產留給這孩子的念頭愈來愈強烈時，再替她製造一個重立遺囑的機會。這麼一來，德子社長就會將小新的名字寫進繼承人裡頭。」

聽華沙沙木道出這駭人聽聞的朱門恩怨，菜美雙手摀口，難掩心中的震驚。

「華沙沙木先生……該怎麼辦？要告訴德子社長真相嗎？」

「不。」

華沙沙木朝她伸出左手手掌，面帶愁容的搖著頭。

「我們沒這個資格。我們確實是捲進這場意外的風波中。但事實上，我們並未遭受任何損失。而且六千五百日圓買下的銅像，還以一萬三千日圓的價格賣出，搞不好還算因禍得福呢。而更重要的是……」

華沙沙木嘆了口氣，朝我們露出和善的笑容。

「它帶給我們不少樂趣，不是嗎？」

「華沙沙木先生……」

「忘了這件事吧。」

華沙沙木以順時鐘方向轉了個身，邁步離去。

「遊戲就得在這種情況下玩才有趣啊。」

紙屑在朝陽下的和風中翩然飛舞，一片又一片。——信封與遺囑的碎片漫天飛舞，與緩緩遠去的華沙沙木背影交疊，就如同花季結束後的櫻花花瓣般。

「華沙沙木先生！」

箭步往前衝出的菜美，就像要撞向華沙沙木瘦長的後背般，一把抱住他，沒睡飽的我望著眼前這一幕，強忍著哈欠。真是服了華沙沙木，竟然能想出這般亂七八糟的真相，還真不簡單呢。而且還大言不慚，搭配效果十足的演出，真教我佩服得五體投地。要不是我早發現這點，昨晚卯足了勁做這些安排，真不知道現在會是什麼情況。

銅像腹中的遺囑，是我連夜趕工的作品。昨天深夜，我已料到華沙沙木會做出這樣的推理，所以撐著沒睡，在倉庫的作業區裡趕工製作。忙到早上終於完成，我專程帶來這裡，塞進銅像腹中。再怎麼需要別人罩，也要有個限度吧。話說回來，不過才燒了一半的報紙，這樣的熱度怎麼可能把銅像裡的紙燒焦呢。

我硬撐起幾欲合上的眼皮，望著緊纏在華沙沙木身邊行走的菜美背影。心想，我的表現應該有六十分以上。

正因為有「天才華沙沙木」在，菜美才能開朗的度過痛苦的每一天。

我不能讓她失望。

（六）

那天下午，我到附近新蓋的大樓去發傳單時，順便駕著小貨車前往加賀田家。我與昨天那位老先生打聲招呼，說我有事想找加賀田信次先生。長著茄子鼻的老先生雖然感到納悶，但還是替我叫來了信次。

「你是那家二手商品店的……」

「我有樣東西想給你看。」

我把身穿工作服的信次帶到店外，來到沒人的工廠後方。接著從口袋裡取出事先準備好的拍立得照片，朝他面前晃了一下，他臉色驟變。

「你怎麼會有那個東西……」

果然和我想的一樣。我幾乎可說是瞎猜的，但似乎完全被我料中。那張拍立得照片，表面因受熱而完全變黑，上頭的影像完全看不清楚。我把照片放回口袋裡。

「信次先生，你昨天把這東西扔了對吧。」

他表情僵硬，緊盯著我，就像要打探出我的心思般。

「我想向你確認一下，你知道脅迫罪會處兩年以下徒刑或三十萬日圓以下罰金嗎？如果你以這張照片威脅純江夫人，持續強迫她和你發生關係，那就有可能構成強姦罪。這麼一來就會被處以三年以上徒刑哦。」

「你……」

信次為之瞠目。可以清楚看見他整個黑眼珠。

「我是純江夫人的崇拜者。從昨天開始。——今後要是再讓我聽到你有任何脅迫她的言行，我就會告你。」

雖然不清楚要怎麼提告，不過，我還是出言警告。結果似乎馬上奏效，信次咬牙切齒，滿臉漲紅。

坦白說，真相為何，我到現在還是不太清楚。

因為我既沒親眼看到，也沒直接向純江詢問。

但這次發生的事，我是這麼認為——

信次急著想取回那放在失竊銅像腹中的東西。純江則是想毀了它。我們被捲入他們兩人的行動中。那麼，銅像裡裝的東西是什麼呢？由於純江採用那種方法來銷毀它，所以那東西一定很不耐熱。一個男人想取回它，一個女人想毀了它，一個不耐熱的東西。我沒花多久時間就聯想到拍立得照片。拍立得照片一受熱就會變黑。純江應該知道這點。加賀田銅器工廠一直是處在高溫狀態，工匠們都在那裡用拍立得照片製作銅器，所以一定會小心避免照片受熱。既然這樣，純江應該也會知道拍立得照片不耐熱。

藏在銅像裡的拍立得照片。那可能是純江的照片，或是純江和信次的照片。而且是沒穿衣服的照片。若非如此，純江不會這般處心積慮想加以銷毀。

純江和信次應該發生過肉體關係。是因為獨守空閨，寂寞難耐，還是信次一開始就使出強迫的手段，我不清楚。總之，信次以拍立得相機拍下當時的照片，留在身邊。並以照片威脅純江，強迫她和自己發生關係。純江很想銷毀照片，但苦於不知照片藏在何處。

「你把照片藏在那座銅像裡對吧？因此當銅像被小偷偷走時，你急忙打電話向各地的當鋪和二手雜貨店打聽。最後終於找到我們這家店。你鬆了口氣，說好在星期一休假時會前來買那座銅像。」

當時純江可能聽到他和我在電話中的交談。她因而得知拍立得相片的藏匿處。

——啊，純……

我當時聽到的那句話，一定是信次發現純江人在一旁，不自主脫口說出的吧。

「你昨天本想用自己藏好的鑰匙打開從我們店裡買回的銅像。但因為鑰匙孔被撬壞了，打不開。不得已，你只好毀了銅像，強行從裡頭取出照片。但因為銅像被火燒過，已無法辨識照片上的圖像。」

「……都是你兒子害的。」

信次暗啐一聲。

「哎呀，小孩子嘛。」

撬壞鑰匙孔，用火燒銅像的人，其實根本不是我兒子，而是純江，但我當然不會告訴信次這件事。

「現在就算你握有那張一團黑的照片，也沒任何意義。所以你索性就把照片丟了對吧？」

經過一段漫長的沉默後，信次滿懷恨意的瞪著我。百思不解的向我問道：

「你告訴我，那張照片……我記得是塞在我房間的垃圾桶裡，為什麼會跑到你手上？難道你潛進我房間？」

「哦，這個啊。」

我從口袋裡掏出剛才那張一團黑的拍立得照片。

「不好意思，這是我的照片。我把昨天你們店裡那位老先生替我拍的照片加熱後，做成這個樣子。想拿它讓你看，確認我的猜測是否正確。我想，你丟掉的那張照片，現在還好端端的在你房間的垃圾桶裡。」

信次整張臉肌肉緊繃。

「你這傢伙……」

信次口中吐出這句極為老套的話，雙手握拳，肩膀顫動，我心想，要是他對我動粗，那可不妙，於是我馬上開溜。

信次並沒追來。

其實我之所以想出手替純江解圍，是有原因的。

星期五晚上，她確實潛入了我們店裡的倉庫。但她並沒有朝報紙點火。就是這點，令我對她感到著迷。

如果她真動手那麼做，我應該不會原諒她。雖然連年赤字，但喜鵲二手雜貨店是我們很珍惜的一家店。倘若倉庫就此付之一炬，老實說，不管有任何原因，我都不會原諒她。現在我還是不時會想起純江，就像嗅聞瑞香一樣，有種酸酸甜甜的感覺，因為她很懂得替人著想。她不是會在店裡倉庫鋪報紙縱火的人。

那麼，星期五晚上，純江來到倉庫裡做什麼呢？

她是來掉包的。把底座燒焦的銅像擺進倉庫裡，然後把原本的銅像帶走。她還留下一疊報紙和燒過的火柴。正因為這樣，隔天早上倉庫裡才沒留下燒焦味。

昨天店裡的老先生說過，那座銅像有個名稱叫『烏鵲橋』。烏鵲橋又稱作『鵲橋』，是喜鵲們為了讓牛郎和織女在七夕晚上見面，特別張開翅膀在銀河上搭起的一座橋。因為有這個名稱，所以它不應該只有一座。純江已故的丈夫，應該另外還製作了其他相同造型的銅像。藏有照片的其中一座銅像，恰巧被小偷給偷走了。

在偶然機會下聽到信次在電話中的交談，純江就此得知照片的藏匿處，她心想，得早點將它銷毀才行。趕在信次買回銅像之前。但德子社長白天緊盯著她，她無法到我們店裡先下手為強。而且她手上沒有鑰匙，無法開啟銅像。就算把銅像整個偷走，也不可能帶回家。一定會被信次發現。要是藏在外面的某個地方，或是將它丟棄，考量到藏在裡頭的照片，又過於危險。於是她想到一個點子。只要用火燒銅像，裡頭的拍立得照片就會變色，使得畫面無法辨識。但她擔心擱置銅像的二手雜貨店會引發火災，她實在下不了這個手。

因此，她想到掉包銅像，以此瞞過信次。

星期五晚上，純江來到倉庫。帶來了一半燒焦的報紙、燒過的火柴，以及底座燒焦，鑰匙孔被撬壞的銅像。銅像腹中擺了一張拍立得照片。那是她隨便拍的照片，經加熱後，畫面已變成漆黑一片。也就是說，信次昨天丟進垃圾桶裡的照片，是純江精心製作的作品。

純江將她帶來的銅像，連同一半燒焦的報紙和火柴一起擺在倉庫裡，然後將裝有照片的真正銅像帶回。後來應該是將它擺回她帶去的那座銅像原本所放的位置吧。滿心以為那底座燒焦的銅像就是本尊的信次，完全沒察覺那尊藏有相片的銅像。銅像現在肯定還放在那個地方。裡頭仍留有照片。——手上沒鑰匙的純江，無法打開銅像，想來還真是可憐。要是繼續放著不管，也許信次早晚還是會發現。

「啊——」

當我朝家門走去時，從學校返家的小新正好從巷弄前走來。

「你回來得正好。可以佔用你一點時間吧？」

我帶小新去一處沒人看到的地方，開門見山的問道：

「我想向你確認一件事。你該不會是以為你母親到我們店偷東西吧？」

「啊，嗯。」

「所以你昨天才會來到倉庫裡，找尋你母親可能遺落的手帕對吧。你以為只要手帕被人發現，你母親就會被警方逮捕。」

小新緊抿雙唇。由於他一直沒答話，所以我接著說。

「星期五晚上，你看到母親偷偷溜出家門。所以你很在意，在她後頭跟蹤。是不是？」

小新會到我們店裡的倉庫找手帕，表示他知道那天晚上純江去店裡的事。他為什麼會知道？只能推測是他親眼所見了。

「你為什麼要在後頭跟蹤？你沒出聲叫她嗎？」

經我這麼一問，小新這才聲若細蚊的應道：

「我看媽媽帶著旅行袋，以為她是要離家出走……因為奶奶總是欺負媽媽，所以我以為她要到別的地方去。」

原來是這麼回事。

「如果我叫住媽媽，她就不會離家出走了。我不喜歡看媽媽天天被奶奶挖苦……所以我一直很希望媽媽能離家出走。以後我也能去找媽媽。奶奶總是欺負媽媽，我也不喜歡她。」

「所以你才會偷偷跟在你母親身後是嗎？」

「我從後門離開……一路跟在媽媽後面。」

這孩子見母親半夜提著旅行袋外出，以為母親要離家出走，終於再也忍受不了祖母的欺凌，而離開這個家。但其實旅行袋裡裝的是底座燒焦的銅像、一半燒焦的報紙，以及燒過的火柴。

純江走著夜路，朝我們的店裡走來。她強行撬開倉庫的鐵捲門，潛進店內，隔了一會兒後，又帶著旅行袋走出。

「你看了之後改變想法對吧？你認為你母親不是離家出走，而是當起了小偷。」

小新可能是已決定要坦言一切，他點了點頭。

「雖然我不是真的那麼認為，不過……我的確這麼想過。」

撬開緊閉的鐵捲門，帶著旅行袋潛入昏暗的倉庫，然後又帶著旅行袋離開，也難怪小新會誤會。一來也可能是因為幾天前他們家才剛遭過小偷。

幾天後，小新見純江神色慌張的四處找手帕。於是他心想，該不會是星期五那天晚上，媽媽到那座倉庫裡偷東西時，不小心遺落手帕吧？

所以他才前來尋找手帕。

「放心，是你誤會了。」

我蹲下身，與小新四目相接。

「你母親沒做壞事。一直沒告訴你這件事，真是抱歉，其實……呃……是我請她幫我送東西到倉庫去。就只是這樣。所以你母親才會三更半夜拎著旅行袋到那座倉庫去。」

「咦……是這樣嗎？」

小新的表情登時為之一亮。

「就是這麼回事。不過，這件事你可要保密，別告訴你母親哦。」

「我知道了。」

「這是男人之間的承諾。你能遵守承諾嗎？」

我可以——小新回答道。

「很好，不好意思，可以請你將這東西交給你母親嗎？」

我在記事本上寫了些字，撕下後放入事先備好的信封裡，交給小新。小新乖乖的收下，與我道別後，就此走進家中。我朝那扇緊閉的大門注視良久，隨之離去，坐上我的小貨車。發動引擎後，之前聽的廣播再次響起，海援隊[5]的〈獻給母親的歌謠〉，樂聲在車內迴盪。

我交給小新的信封裡，裝的是可以打開銅像的鑰匙。今天清晨，我為了放「遺囑」而潛入工廠廢棄物放置處時，發現這把鑰匙隨手就丟在銅像旁。由於信次強行破壞銅像將它腹部打開，所以鑰匙已沒用處。他一定是順手連鑰匙一起扔了。但他不知道，這把鑰匙可以打開現在仍裝有拍立得照片的那座正牌銅像。

我還在信封裡的那張紙上寫著『這是昨天加賀田信次先生光臨本店時所遺落之物，在此奉上』。這樣純江應該不會認為我知道她的祕密才對。

整起事件感覺有點沒完沒了，但事實上，直到現在我還是不清楚真相為何。因為我既沒親眼目睹，也沒當面向純江問清楚。不過，我交給小新的那把鑰匙，應該會救她脫離苦海。這點我深信不疑。附帶一提，我也相信我和她之間有命運牽繫著。日後有一天，我們一定會以某種形式再度相遇。沒錯，這次因為少了一隻喜鵲，我們兩人的鵲橋才沒能完成。

我擅自胡思亂想了起來，難道我愈來愈像華沙沙木了嗎？

❺由武田鐵矢、中牟田俊男、千葉和臣三人組成的歌唱團體，因為武田鐵矢很崇拜坂本龍馬，所以以「海援隊」命名。

夏

蟬之川

（一）

一走下小貨車的駕駛座，便看到大朵的向日葵從隔壁的圍牆上探頭，靜靜面朝太陽而立。四周傳來知了響亮的叫聲，雪白的積雨雲布滿天空，和風吹來，輕搔著衣領，說不出的舒暢，可惜我錢包裡空空如也。

「那個貪心的流氓和尚……」

我又被擺了一道。

小貨車的貨架上，以繩索固定了一張書桌。這是剛才黃豐寺住持強迫推銷我買下的東西。上次發生那起「銅像縱火未遂事件」時，他要我花七千日圓買下那個不值錢的衣櫃，似乎就此食髓知味，這次又把我叫來，命我高價買下這張刮痕累累，滿是汙漬的書桌。

和上次那個衣櫃一樣，這東西怎麼看都不像有人會買回去用，於是我拒絕收購。但那名身材高大，長得像凶神惡煞的住持，朝我投射犀利的目光，慢條斯理的搖了搖頭，說了一句「不要以為你講這種藉口會管用」，當真是莫名其妙。住持說，上次那個破衣櫃都能賣七千日圓了，這次這張書桌卻一文不值，豈有此理。對了，至少也應該和上次一樣，用七千日圓收購才對。

經過好長一段時間的交涉，我被迫同意以六千日圓買下，接過那六張千圓鈔的住持拿著鈔票細數，我瞄了他一眼，將書桌扛上小貨車，就此離開寺院。

「華沙沙木又要目瞪口呆了……」

我解開貨架上的繩索，把書桌搬進倉庫。入口處掛著店裡的招牌。

『喜鵲二手雜貨店』

由於庫存商品遲遲賣不出去，倉庫裡還是老樣子，塞滿各種物品。諸如兒童座椅、單人用冰箱、九谷燒的調味瓶、《小超人帕門》❻、小型撞球檯、魚缸等等。

我走上倉庫深處的梯子，往事務所內窺望。

「你回來啦。」

沒看到華沙沙木，倒是坐在裡頭的沙發上，身穿國中制服的南見菜美轉頭望著我。她緊鄰在電風扇旁，一頭短髮被吹得蓬鬆凌亂。

「日暮先生，看你的表情，難道是……」

「嗯……我又被擺了一道。」

「是你自己『老毛病又犯了』吧。」

❻ 藤子・F・不二雄的漫畫作品。

菜美一針見血的更正我。

「日暮先生，你真的很不會做生意呢。難怪店裡總是赤字連連。華沙沙木先生真可憐。」

「那是他不好。我原本就告訴過他，我不適合做生意，但他卻還是硬拉著我一起做這項工作。」

當初我從美術大學畢業，也沒上班，一直遊手好閒，是華沙沙木拉我一起做這項生意。我和他就讀同一所高中，大學時代完全沒聯絡過，但有一次我們在車站巧遇，我當場便被他說服。「一定會成功的」、「保證能大賺一筆」、「大把的萬圓鈔票」他說的這些話我全部信以為真，接著兩個星期後，我接受他共同經營的提案，我日暮正生，二十六歲，可喜可賀的擔任起這家店的副店長。現在我已經二十八歲了。

「愛找藉口的男人真不討喜。華沙沙木先生不管發生什麼事，都絕不會找藉口。像上次的『銅像縱火未遂事件』也是，他一直都不放棄，絞盡腦汁苦思，最後終於查出那可怕的真相。」

她口中的可怕真相，其實全是我一手安排而成，要是她知道的話，不知道會作何表情。如果她知道當時是我熬夜製作，將華沙沙木那狗屁倒灶的推理美化成「真相」的話，不知道會怎樣？

「嗯……華沙沙木確實很不簡單。」

想必她一定會露出很難過的表情。我再也不想看她流露出那種表情。正因為有「天才華沙沙木」在，菜美才能這樣開朗的活下去。

「咦，對了，妳怎麼穿著制服啊？現在不是暑假嗎？」

經我這麼一問，菜美面朝電風扇，手指敲著擺在矮桌上的一張紙，以此代替回答。似乎是學校寄來的通知單。

「這什麼啊……『暑期強化集訓』？」

「有意願者湊在一起，從今天傍晚開始，展開三天兩夜的讀書會。雖說只徵求有意願者，但幾乎沒人說不去。因為這種時候用不用功，關係著考試的結果。」

菜美面朝電風扇的葉片說話，聲音聽起來像在顫抖。經這麼一提才發現，沙發上擺著一個大旅行袋。

「你是指考高中嗎？可是，妳不是才國一嗎？」

「像我們這種注重成績的私校，從一年級開始就很拚呢。不過，真正注重的人其實是老師和父母。啊，華沙沙木先生下來了。」

從事務所裡面的梯子上冒出兩條長腿。上面的閣樓是我和華沙沙木共同使用的生活空間。

我馬上開始思索。剛才我從那名頑固的住持那裡買回這張不值錢的書桌，我得趕緊想個藉口才行。因為他長得很凶惡——這個原因我死也不能說。他們聽了一定會瞠目結舌，瞧不起我，而我也會傷心難過。對了，要是說住持罹患怪病，需要大筆醫藥費的話……

「雅各布⑦的法則……『犯錯是人類的慣習，然而，把錯誤推給別人，更像是人類的慣習。』」

華沙沙木一面走下梯子，一面專注的看那本外文書。因一再翻閱而磨損的書本封面，寫著「Murphy's Law」。這是他很喜愛的《墨非定律》原文書。雖說是純屬巧合，但被他這句話戳中我的痛處，我頓時為之怯縮。華沙沙木剛好看到我怯縮的表情。

「日暮老弟，瞧你那窩囊樣，遇到什麼問題了嗎？」

我是應該發揮人類的慣習，把這件事推給別人，還是應該如實以告呢——幾經猶豫後，我選擇了後者。

「你又來啦？雖然你姓日暮⑧，但你這麼膽小，也太教人傷腦筋了吧。不，若換個想法，當昆蟲還比較好。因為只要靠吸樹液過活，不必花伙食費。」

華沙沙木盤起他那雙從褪色的史努比T恤裡露出的白皙胳臂，語帶嘆息的搖著頭。他瞠目結舌，瞧不起我，而我也一如預期，為之傷心難過。華沙沙木一屁股坐向沙發，菜美把電風扇轉向他。

「算了……只要你能憑自己的本事，想辦法讓它變成價值六千多日圓的商品，那就行了。」

「嗯，我會努力的。」

那張書桌，我得特別投注心力加以改造才行。它的造型老舊，與其刻意將它磨光，改造成近乎新品，倒不如試著彰顯出它的古色古香，這樣或許還比較好。

電話鈴響，華沙沙木坐在沙發上拿起子機。

「喜鵲二手雜貨店您好。是、是。哦，有。」

華沙沙木的姿勢逐漸轉為趨身前傾，握話筒的手使足了勁，稀疏的眉毛緩緩上揚，雙眼逐漸撐大。

「有……那個也有……那也有……是的，應該也沒問題。」

便條紙，便條紙，他如此說道，單手伸出向我要紙，我迅速從書桌上取來記事本遞給他，菜美同時從旅行袋裡取出修正帶，但旋即發現拿錯了，改遞出原子筆。

「五張榻榻米大的房間是吧……那麼，寬多少呢？……是……縱深呢？……是。」

隔了一會兒，華沙沙木以難得一見的客氣口吻向對方道別，掛上電話，撕下他剛才抄寫的那張紙，用力一拍，把它放在矮桌上。上頭寫了許多家用品名稱，例如『衣櫃』、『電鍋』、『小型電視（還有錄放影機）』、『晾衣服的道具』等等，每樣用品旁邊還一併寫著像是客人想要的顏色和樣式。底下寫著一個位於埼玉縣秩父市的地址。

「華沙沙木，這該不會……全都是客人想要購買的物品吧？」

❼ Jakob I. Bernoulli，雅各布・白努力，一位數學家。他是最早使用「積分」這個術語的人。

❽ 日文的日暮唸作「ひぐらし」，意同暮蟬。

正是，華沙沙木應道。

「這是大量採購的訂單啊，日暮老弟！」

後來華沙沙木在倉庫裡一面確認商品，一面告訴我那件事，他們的電話內容如下：

買主是『沼澤木工行』，在秩父山從事木工產品製造銷售的一家木工老店。此次他們要在店裡宿舍準備一間新進員工住的房間，想備齊整套家用品，但因為節省經費的考量，要買新品有所困難，所以決定買二手貨。不過，員工們個個都很忙，沒空外出採買商品。他們翻找工商黃頁，打電話給多家二手雜貨店，但始終找不到庫存品齊全，而且馬上就能代為運送的店家。不得已，只好將範圍擴展到埼玉市，結果就這樣找上我們這家店。對方問今天是否就能送去，華沙沙木回答說沒問題。

「日暮老弟，這可是VIP，大客戶啊！」

華沙沙木一面將一個小書架搬上小貨車，一面眉飛色舞的說道。

「對方會付現嗎？」

我雙手捧著熨斗和烤麵包機，不同於平時，感到特別興奮。

「好像會吧。大致的預算都是對方提的，不過，感覺還挺不錯的，應該是不會有什麼問題才對。」

「你們覺得這個可愛嗎？」

菜美端起一個造型渾圓的白色小插花瓶，一臉苦思的模樣。經這麼一提才想到，華沙沙木的那張便條紙上寫有「小插花瓶（可愛的）」。

「南見，那個很合適。要是打破就糟了，妳把它放在前座吧。」

菜美拿著那個插花瓶坐進小貨車前座，然後就坐著不走了。我隔著車窗往裡望，發現她正拿著華沙沙木那張便條紙和她的『暑期強化集訓』通知做比對。

「這家木工行……就在我們集訓住的飯店附近。日暮先生，我可以搭你們的便車嗎？」

「咦？可是這輛車只能坐兩個人耶。」

「沒問題的，後面不是有貨架嗎？」

二十分鐘後，我們上完貨，便離開這豔陽高照的市街，往秩父方向而去。華沙沙木手握方向盤，菜美坐在前座，抱著小插花瓶擺在膝上，我則是坐在蓋著車篷的貨架裡，忍受那宛如烤箱般的騰騰熱氣。華沙沙木開車很猛，每次遇上大轉彎，我就得雙腳使勁撐地，努力撐住那些搖晃的貨物。

（二）

小貨車的引擎終於熄了。

「南見，集訓的時間沒問題吧？」

「規定六點半到飯店集合，安啦。」

我小心不傷及全身疼痛的關節，緩緩走下貨架。約莫從一個小時前開始，貨架裡堆積的貨物頻頻要往後倒，所以我知道小貨車正在爬坡，但我環視四周，發現這裡根本是荒山野嶺。在蓊鬱的群樹包圍下，眼前突然出現一塊滿是黑土的平坦地面，角落裡靜靜矗立著一棟木造建築。建築的玄關上掛著一塊牢固的木雕匾額。──『沼澤木工行』。

「門鈴在哪兒啊？」

華沙沙木在找尋門鈴時，裡頭有人打開拉門，一名年輕男子探出頭來。他的模樣令我為之一怔。他的五官工整白淨，給人一種冰冷之感。宛如一具穿了藍灰色作務衣的假人。他看到載滿貨物的小貨車，似乎馬上明白我們的身分，以嫻熟的動作優雅的行了一禮。宛若歌舞伎裡男扮女裝的演員般，有種奇妙的嫵媚風韻。

「有勞各位遠道而來，尚請海涵。」

他柔和的語調，帶有一點關西腔。

「我是這裡的員工，敝姓宇佐見。我們老闆人在裡面。」

「您說的老闆，是之前和我通電話的那位嗎？」

宇佐見以眼神向華沙沙木表示肯定，從作務衣袖口露出宛如瓷器般白皙的肌膚，邀我們一同進工房內。菜美指著他的背，悄聲問道：「他是GAY吧？」

一走進玄關，木香旋即撲鼻而來。眼前是一間不算大的大廳，狹窄的空間以及擺滿一地的各種木工製品，不約而同映入眼中。不計成本的使用整片完好木板當桌面，造型粗獷的餐桌。模樣纖細的化妝台。呈現出流暢曲線美的搖椅。散發光澤的書桌。它們顏色各異，看起來全都隱隱生輝。之所以感覺像會發光，是因為它們具有的獨特「氛圍」。特別是書桌，上頭有精細的螺鈿工藝❾，洋溢著一股驚人的非凡氣韻。黃豐寺那張書桌和它相比，根本就天差地遠。這裡是一處作品展示空間……不，也許是商品出貨前的暫時擺放處。一旁有幾個邊角用薄薄的發泡性聚苯乙烯緩衝材保護的商品。

穿過大廳後，眼前出現一條短短的走廊，前方有一個像是作業區的大房間。隨著我們走近，卡里卡里、啪、唰卡唰卡的聲音愈來愈大聲。最先看到的，是一名盤腿坐在水泥地上使用刨刀的男子。他有個寬闊方正的下巴，長相活像是日本將棋的棋子。他身後有兩人不發一語的專注於自

❾是一種在漆器或木器上鑲嵌貝殼或螺螄殼的裝飾工藝。

己的工作中。其中一人年近七旬，頂著一頭花白的短髮，十足的工匠模樣。另一人是女性，看起來才二十出頭。

「老闆，二手雜貨店的人來了。」

宇佐見如此說道，那名方棋臉的老闆抬起臉來，站起身，緩步朝我們走來。看起來像是臭著一張臉，但他似乎天生就長這樣，向我們問候時倒是相當客氣。「勞煩各位遠道而來，請見諒。要是不習慣開山路的話，一定很累吧？」

他就像在瞪視我和華沙沙木似的，接著朝身穿國中制服的菜美瞄了一眼。

「不管路況再差，我們也絕不會讓商品有絲毫受損。對了，您想怎麼安排呢？要現在就搬進來嗎？」

華沙沙木詢問後，老闆轉頭望向作業區。

「阿匠，倒角的工作快結束了嗎？」

「照這個進度來看，有困難哦。」

「阿早，磨光的工作進行得怎樣？」

「是，應該可以剛好在時間內完成……」

老闆稱呼阿早的那名年輕小姐姑且不談，那位老闆口中的阿匠，看起來年紀比老闆還大，但兩人好像都是老闆的徒弟。

「真的很抱歉，因為剛好有工作要忙，可以請三位在那邊稍候一下嗎？」

「當然沒問題。」

華沙沙木很客氣的頷首。畢竟對方是大客戶。

「您店裡好像生意很忙呢。」

「是啊……因為今天遇上一件麻煩事。」

老闆如此說道，移開目光，走回他剛才坐的地方。再次拿起刨刀工作起來。那把刨刀年代久遠，手握的地方滿是黑漬。他靈活的操控那項道具，削去厚重的木板邊角，發出唰卡唰卡的聲音。每次刨刀刨過，木屑就會像體操緞帶一樣舞向空中，然後輕盈落地。

「老闆，關於剛才那件事……」

人稱阿匠的那名年長的男子，視線定在自己手中的工作上，如此問道。

「要是找到損毀神木的人，該怎麼處理？」

「這我哪知道？先別管這個，快做你的工作吧。」

「老闆，我可不想饒過那個人。這可不是把對方扭送警局就可以了事。我一定要把他揍個半死。這不光是我們工房自己的問題。對那位委託我們進行大欅木加工的神官大人更是——」

「阿匠。」

老闆以強硬的口吻命他住嘴，流露出不想讓我們知道的態度。阿匠暗啐一聲，繼續做手上的工作。

……

打從剛才起，作業區的角落一直有個令人在意的東西。那是根粗糙的巨大圓木，表面覆著一層濃濃的光澤，切口上浮現無數道美麗的年輪。遠看便知道他們說的是這棵年代久遠的老樹，就像一名深諳世事的巨大老人，靜靜躺在那裡。老人的背後——正好是中間的位置，有令人不忍卒睹的傷痕。應該是用斧頭或柴刀砍劈而成。不光是一刀，而是多達五、六刀，或是更多。那嚴重的傷痕，與圓木所呈現的沉穩之感顯得很不搭調，令人心裡莫名感到不安。傷痕旁可以看到像文字的東西。似乎上頭刻了幾個字，但因為角度的關係，我看不清楚內容。

「宇佐見，別站在那裡發呆，快帶客人到裡頭去，泡茶招待。」

老闆突然粗聲命令道，宇佐見像孩子似的縮起脖子。

「請往這邊走。」

我們跟在宇佐見身後離開作業區時，我不經意的回身而望，與那位名叫阿早的年輕女子四目交接。之前像男人一樣盤腿而坐，一直努力磨光木材表面的這名女子，正隔著被汗水溼透的瀏海靜靜望著我。她臉上脂粉未施，頭髮隨意在腦後綁成一束。在這種地方有一位年輕女性，確實很吸睛，但要是她擦乾汗水，脫去作務衣，改換上洋裝到城裡去，一定馬上就變成一位毫不起眼的平凡女子——這就是她給人的感覺。

「老闆其實是個很害羞的人呢。有人一直盯著他工作，他會不好意思。所以才會叫我泡茶招待各位……」

（三）

宇佐見狀甚開心的把手貼在嘴邊如此說道，領我們走進客廳。雖然沒開冷氣，但窗戶敞開，山風吹進房內，涼爽快意。他開始到廚房泡茶時，華沙沙木貼向我耳邊低語道：

「這裡確實充滿了木頭的香氣。不過日暮老弟，我卻感覺到一股更濃的犯罪氣味呢。犯罪的餘味這種肉眼看不見的粒子，打從剛才起就一直刺激著我的本能。」

這根本是沒有意義的低語，但他完全不理會我此刻的表情，仍自顧自的往下說。

「真是的，我去到哪兒，犯罪就跟到哪兒。有時我還真有點討厭出生在這種宿命下的自己。剛才在作業區的那根圓木，你也瞧見了吧？而且你也聽到老闆他們的對話了吧？顯而易見的，這家木工行有人蓄意犯罪。」

「華沙沙木先生，又是你出場的時候了。」

菜美在一旁說了不該說的話。

「就從他那裡問出詳情吧。」

華沙沙木朝宇佐見的側臉投以犀利的目光。

這時廚房門打開，走進一名胖女人。她身上繫著圍裙，有著渾圓的臉蛋、渾圓的身材，以及渾圓的手指。

「哎呀，歡迎歡迎。」

連聲音都顯得很渾圓。

「三位是我先生打電話請來的二手雜貨店的人吧？外面停著一輛貨車，所以一看就知道。哎呀，小宇你也真是的，要泡茶的話，應該由我來才對啊。」

「是嗎？那就麻煩您了。啊，這位是我們老闆娘，老闆的妻子。」

我們三人一同向她鞠躬行禮。

「各位遠道而來，真是辛苦了。一人份的家具用品，你們這麼快就張羅好了，真不簡單。好在有你們代為運送。我們大家都很忙，抽不出時間前往採買。」

老闆娘邊說邊泡茶。

「不過，小早開始住宿舍後，我就不能再和小早一塊兒睡了，還真有點寂寞呢。」

「老闆娘，既然這樣，從今天起，妳和我一起睡好了。」

「死相，小宇，說什麼傻話呢。」

這次我們搬來的家具用品，似乎是要供那位叫阿早的年輕女子使用。

我們坐在餐桌前邊喝茶邊聊天，我已大致掌握這家工房的狀況。帶有關西腔的宇佐見，有個正經八百的名字，叫作宇佐見啟德，比我和華沙沙木大兩歲，今年三十。他與剛才人在作業區的阿匠以及阿早，都是老闆的徒弟。阿匠全名匠川逸郎，年紀大老闆許多，聽說原本是上一代老闆的徒弟，才會在這裡工作。自從上一代老闆過世，工房換新一代接手後，他便在經驗比自己淺的現任老闆底下工作。阿早全名田中早知子，是來自神奈川縣的新徒弟，到店裡才兩年。

「不過，我先生說，才短短兩年就有那樣的實力，並不多見。就設計感來說，她具有女性特有的柔美特質。今後木匠也要像這樣多採納女性觀點才行。」

老闆娘從壁櫥裡取出糯米脆餅和芝麻煎餅，分別放在一套小圓盤裡，輪流從中拿餅吃，塞得滿嘴。

「小早從明天起，就要搬進宿舍，正式在這座工房裡待下，全力工作了。真教人高興。」

聽老闆娘這番話才得知，這次家具用品的採購，原來背後有這個緣故。——兩年前，早知子很欣賞這座工房的作品，因而自願入門當徒弟。店內常有像她這樣的志願者前來，但老闆為人嚴峻，來者幾乎都吃了閉門羹。不過女性志願者倒是很少見。聽說老闆認為木工採納女性的觀點或許也不錯，於是便接納了她。但老闆開了個「暫時」徒弟的條件。早知子不能住進工匠宿舍，要在家裡和他們一同起居，想藉此觀察她的素質和脾氣。

「昨天我家那口子終於對小早說，我就收妳當入門弟子吧。小早聽了也喜極而泣。」

老闆娘說完後，連自己都差點哭了，啃著手中的芝麻煎餅。

「我家那口子個性嚴肅，很少會收人當入門弟子。最近也就只有小早和小宇而已。不過，這並不表示包括阿匠在內，他就只收過三名徒弟哦。其他還有很多徒弟後來獨當一面，自行出外開業去了。只是阿匠這個人不想自行開業罷了。」

宇佐見似乎原本是在京都學習螺鈿工藝。螺鈿工藝是從貝殼中取出珍珠質薄片，以此用來擺設的裝飾技法。他在修習技藝時，湊巧看到這家木工行的作品，就此為之著迷。並急著前來拜師。

「我還記得當初小宇到店裡來的情景呢。好像只比小早早來半年而已對吧？」

當老闆娘說這話時，宇佐見那白皙的眉間突然為之一皺。我感覺到現場的溫度驟降了一兩度。

「才不是只有半年而已呢。」

「咦，小宇，你說什麼？」

「只要有半年的時間，技藝便能提升許多。事實上，我和她的技藝根本就是完全不同的水準。之前她才犯過一次嚴重的錯誤，妳應該還記得吧？」

那是毫無半點音調起伏的聲音。

「她不是分辨不出日本扁柏和日本花柏的材質差異，用半日本扁柏、半日本花柏，做出了一個古怪的信箱嗎？要不是在出貨前被老闆發現，可能就闖出大禍了。」

「哎呀，小宇你幹嘛故意提那種事嘛。」

「我只是覺得，妳說我只早她半年，這種說法不太恰當。」

宇佐見語尾微微上揚，同時抬眼望向老闆娘。

「小宇，你在嫉妒啊？放心啦，我們都知道你很努力。這單純只是一種措辭，不是嗎？你也真是的，跟女人一樣愛嫉妒，呵呵。」

看來，這位老闆娘很粗神經，不懂人心的微妙。不過，這卻也讓人感受到她的魅力。可能是我母親已經亡故的關係，每次遇到這種人，便覺得她們看起來都像好人。

「日本花柏也是一種木材嗎？」

華沙沙木問道，老闆娘開心的站起身，從後門走向屋外，接著雙手拿著綠色的細長物體走進。

「我教你分辨。日本扁柏和日本花柏長得很相似。就材質來說，日本扁柏略帶紅色，樹木這種東西，如果不拿葉片做比較，根本無從分辨。你看。」

老闆娘手上拿的，似乎是日本扁柏與日本花柏的葉子。就我看來，兩者長得一模一樣。全都呈暗沉的綠色，鱗片狀的小葉緊密的交互生長。

「這個是日本扁柏，這個是日本花柏。看得出兩者的差異嗎？」

老闆娘將手中的葉子翻面，讓我們看它背面。

「葉片背面有白色紋路對吧，日本扁柏呈Y字形，日本花柏則是呈X形。如何，很好記吧？記住這種小地方，日後一定會派上用場的。」

老闆娘得意洋洋的把葉片擺桌上。接著她突然面露歡顏，身子往後傾，雙手捧臉。

「哎呀，好可愛的睡臉啊！」

仔細一看，坐我身旁的菜美挺直腰桿，面朝前方，正合著雙眼打起呼來。當時我還不知道她昨晚沒睡好的原因，只覺得這一幕相當罕見，不自主的朝她側臉窺望起來。

「這孩子該不會是你們的女兒吧？」

老闆娘朝我和華沙沙木來回打量，說了這句古怪的話。不過華沙沙木更古怪的回了她一句。

「她是我們的女兒？我們兩個大男人怎麼可能生孩子。兩個男人所生的孩子，就只有像神探可倫坡[10]和艾勒里．昆恩[11]這樣的人物了。對了，說到可倫坡和昆恩，你們這家木工行是否發生了什麼事件？」

說到要若無其事的轉移話題，華沙沙木實在有待加強。不過他自己卻覺得轉得很自然，就是這樣才教人頭疼。這次剛好又是因為老闆娘人脾氣好，才沒惹出麻煩。

「事件？……哦，神木那件事啊，說那是事件的話，也許算是吧。」

「咦，妳說神木？那是什麼，可以說清楚一點嗎？」

「那個啊……說起來，最後也沒發生什麼問題，所以也沒什麼啦……」

⓾ Columbo，是一部著名的美國經典電視電影系列。

⓫ Ellery Queen，是同名推理小說系列中的偵探，同時也是該系列推理小說的作者筆名，作者艾勒里．昆恩是一對來自美國紐約布魯克林的表兄弟。

先來一段開場白後，老闆娘說起事發的經過。

那根擺在作業區的巨大圓木是櫸木，聽說是長在山腳下一座知名神社裡的神木。這棵樹齡悠久的神木，從數年前起便生命力衰退，害蟲和疾病侵蝕它全身。到了前年終於枝葉乾枯，有一部分樹幹開始崩垮，只要大風一吹，隨時都有可能倒下。由於它是一棵大樹，如果無預警倒下，有可能會傷及香客。於是神官下定決心，要砍伐神木。

「不過，將神木砍倒後，總不能就這樣丟了吧？所以神官決定要用那棵大櫸樹製作神社內可以使用的木器。」

要由誰來承包這項加工的工作，曾在當地的工藝品工會間引發一場紛爭。而最後委派承接這項工作的，是縣內木工行裡歷史最久的這家沼澤木工行。

「於是去年我先生和業者一起砍伐那棵大櫸樹，取回木材。但實際調查後發現，疾病與蟲害比想像中來得大，最後只取得現在擺在作業區裡的那部分。其實原本是更大的木頭。」

從神木取下的圓木，被運往從工房沿著山路往下走沒多遠的木材放置場。在那裡經過一年的乾燥期後，正準備明天要展開加工作業時……

「那是今天早上發生的事，我先生開著卡車去木材放置場取圓木時，發現事態嚴重。對方不知道是用斧頭還是什麼工具，將那塊圓木砍得傷痕累累。」

「這已算是很可怕的犯罪了。竟然把樹齡悠久的神木傷成那樣。」

老闆娘聽華沙沙木這麼說，搖了搖頭。

「還不光只是傷害神木呢。」

這時老闆娘身旁的宇佐見張開嘴，似乎想阻止她繼續說下去，但老闆娘渾然未覺，仍自顧自的說著。

「在圓木的表面刻著奇怪的文字。」

「奇怪的文字？」

「是的，寫著『你也會變成這樣』，像是在恐嚇人。」

你也會變成這樣。

「不過，這或許只是單純的惡作劇，沒有特別意義。真不知道是誰做這種事。」

「老闆娘，這一定是其他木工行所為。這項光榮的工作被我們搶走，因而惹來別人的怨恨。」

宇佐見的那對細眉鼓足了勁。但也許是我想多了，總覺得他看起來不像真的在生氣。

「也是啦，雖然小宇那麼說……」

老闆娘單手托腮嘆了口氣，又朝嘴裡塞了一把糯米脆餅。她的手明明是張開手掌，但看起來卻像握拳。

「有沒有報警？」

「牟有……沒有。」

老闆娘將口中的糯米脆餅嚥下，語帶嘆息的說道。

「我家那口子決定不報警。要是把事情鬧大，今後人們就會對使用那塊圓木做成的作品挑毛病，對吧？這樣可就太對不起神社了，所以他要我們一概不准向人提起。所以我決定不向任何人說這件事。」

「這麼說來，圓木上頭的傷痕，對於製作作品不會有任何問題是吧？」

「沒錯，你問到重點了！」

老闆娘突然雙手使勁一拍，菜美被聲音驚醒，就此睜眼。

「哎呀，吵醒妳啦？真對不起。說到那塊圓木上的傷痕，去年在砍伐大櫸樹前，我先生和神官就曾討論過要用它來製作什麼好。最後決定要製作兩樣東西。」

一是鳥居，二是神轎。

「因為神社裡的這兩樣木雕都已經很老舊，所以才決定兩樣都做。但實際砍伐後，如同我剛才說的，取得的木材比預期來得少。於是只能從鳥居和神轎中擇一。」

該做哪一樣才好呢——神官苦惱良久，最後還是做不出決定，於是向老闆提出一個無理的要求。

「他請我們先做好兩樣都做的準備。因為離木材乾燥之前還有一段時間，所以我們也同意。

同時準備了鳥居和神轎這兩份設計圖。但今天早上卻遇上那種事，現在只能做神轎了。」

「這話怎麼說？」

「你也看到了，因為圓木中央有一道很深的傷痕。如果要做鳥居，木材從頭到尾都會用到。現在已不能用了。」

「原來如此，不過，若是做神轎就沒問題……是這樣對吧？」

「沒錯。真是好險，這替我們解了危。」

老闆娘停下來歇口氣，輕撫茶杯杯緣。

「今天我們的人向神官聯絡……告知圓木出了點小狀況，無法用來製作鳥居。當然不可能實話實說。神官聽了之後，說這也許是上天的安排，馬上便接受了這樣的結果，教人意外。真是太好了。而小宇也就此獲得一個發揮本領的機會。」

老闆娘拿起芝麻煎餅，朝宇佐見微微一笑。宇佐見的表情登時為之一僵，但僵硬表情旋即消失。

「這個嘛……或許也是上天的安排。」

「宇佐見先生獲得發揮本領的機會，這話是什麼意思？」

問這話的人不是華沙沙木，是我。如今回想，打從坐在餐桌邊喝茶起，這是我開口問的第一句話。我向宇佐見詢問，但他沒回答，開口回話的人是老闆娘。

「因為神轎全部都得用螺鈿工藝來裝飾，而我們店裡正好有小宇在。這一帶的木工行，就只有我們會做螺鈿工藝。所以最後決定做神轎，對我們店裡來說，或許也是件好事。現在只有小宇一個人沒參與一般的木工作業，這是為了讓他全神投入螺鈿設計的各個細節。別看小宇這樣，他滿腦子想的可都是工作呢。對吧？」

原來如此。宇佐見終於有機會可以大顯身手了。

「這是我來到這裡之後……第一個大案子。」

宇佐見目光移向窗外，獨自低語。

我因為聽到腳步聲而回頭，瀏海因汗水而緊貼前額的早知子站在我面前。

「抱歉，讓三位久等了。老闆請你們去搬貨。有勞各位了。」

（四）

宿舍位於工房後方。

但它徒有宿舍之名，其實只是個老舊倉庫改建成的破屋罷了。它是一棟平房，走廊從玄關一路筆直往內延伸，牆壁似乎是以三合板草草搭建而成。牆壁左右各有兩扇門。早知子一面指示生活用具的放置處，一面告訴我們，匠川住一間房，宇佐見住一間房，她從今天起也住其中一間。早知子就只是下達大致的指示，例如「這邊」、「那邊」，我們沒花多少時間便全部搬運完畢。她對木工深感著迷，每天都勤於磨練技藝，應該不會太講究個人生活吧。

「這個小插花瓶放哪兒好呢？」

菜美如此詢問，早知子微微側頭尋思後，指著嵌有玻璃的窗邊。

「就那邊吧……」

「對了，菜美，妳的時間沒問題吧？」

「沒問題的，我好像看錯通知內容了，是七點半到那家飯店集合。所以不會有問題。」

搬完車上的貨物後，我們返回工房，向老闆娘報告工作情況。這是喜鵲二手雜貨店自開業以來，最大筆的一樁生意，不過當華沙沙木恭敬的遞上帳單後，老闆娘就只是確認上頭所寫的金額，從客廳的壁櫥裡取出裝有現金的信封，支付我們這筆費用，沒半點心疼的模樣。最後還從冷凍庫裡取出三根冰棒遞給我們，以此當「搬運費」。我們向老闆娘鞠躬，最後到作業區向老闆告別，就此走出玄關。

「華沙沙木先生，你吃冰棒怎麼開車啊。」

於是我們打算找個地方坐著吃冰，就此在工房周邊閒晃。建築物旁有一條綿延的小路，我們決定到那裡逛逛。

「哇，超美的！」

菜美最先發出讚嘆。

小路前方是賞心悅目的美景。

黃昏的河灘景致真美。清澈透明的河流，一路往下游流去，消失在前方的樹叢間。由於此地山勢高低起伏，河川蜿蜒曲折，那彎折的模樣如詩如畫。我們往水中窺望，發現有一隻像是剛出生不久的小魚在水中悠游。小魚倏然移動，水中的底沙揚起，當沙子沉澱後，已不見小魚蹤影。

我們三人在河邊的草地上坐下，吃著冰棒。從對岸茂密的樹叢裡傳來陣陣蟬鳴。唧唧唧唧——遠近交相唱和，感覺恍如置身舊電影的畫面中。我凝望那順著山中的樂音潺潺而流的河水，不經意的想起已故的母親。想起她在我面前，永遠合上溫暖雙眼的那一幕。如今回想，母親的人生恰似眼前這蜿蜒曲折的小河。

我望向身旁，看到一朵粉紅色的可愛小花盛開著。是石竹。纖細的莖筆直而立，頂端開著一朵狀甚柔軟的小花。五片花瓣前端各自分叉，看起來猶如粉紅色羽毛的集合體。

「啊，是早知子小姐。」

我因菜美的叫聲而望向背後，發現早知子正站在小路前方望著我們。她原本轉身想要離去，但後來似乎改變想法，踩著沉重的腳步朝河灘走近。

「老闆娘給了我們三根冰棒。我們三人坐在這邊吃。」

華沙沙木說出這種一看就知道的事，她聞言後點了點頭，視線投向天空的晚霞。

「這裡是荒川的上游。很美對吧？」

聽她的口吻，似乎不是打從心底這麼認為。

「您不用回去工作嗎？」

「我是想回去工作，可是老闆說今天不用了。我不清楚是怎麼回事，但他只叫我一個人到外面去。」

「因為您還有生活用具要整理，所以他是替您著想吧。」

不知道呢——早知子微微側頭應道，就此沉默不語。也許她不太喜歡和人交談。菜美轉身面向早知子。

「早知子小姐，妳很帥氣呢。明明是女人，卻從事這種工作，這套像和服般的衣服也很與眾不同。我以後也想穿這種衣服工作。」

菜美說出這種很容易讓人聽了不悅的話，但早知子只是回以一笑。

「我從小就很憧憬木工行的工作。我位於神奈川的老家，客廳有一張這裡做的大型櫸木桌……我以前就常想，希望日後自己也能當木匠，做出這麼酷的東西來。所以短大畢業時，我不顧父親的反對，和家人大吵一架，離家出走，前來這裡請老闆收我為徒。」

「那麼，妳終於得到妳夢想的工作了。我認為，日後就是要做這種特別的工作才棒。當普通的粉領族多無趣啊。」

「就算從事普通的工作，一定也會很快樂的。」

「可是早知子小姐，妳不是討厭那樣嗎？」

「我……」

早知子的嘴唇動了一下，就此停住。她視線望向河面的側臉，感覺就像是個不知何去何從的小孩，雖然只出現短暫的瞬間，但看起來顯得比菜美還要稚嫩。

「因為我長得太平凡了。」

早知子垂眼望向地面，坐向我們後方。

「南見菜美，這名字真好聽。」

早知子知道菜美的全名，應該是因為我叫她「菜美」，而華沙沙木稱呼她「南見」的緣故吧。

「才不會呢，怎麼聽都覺得很古怪。」

南見是菜美母親的舊姓。她之所以從母姓，是因為父母離異。他們離婚的原因錯綜複雜，所以菜美很討厭別人提到她的姓名。我偷偷觀察菜美此時的神情，不過，也許是聽到別人說她的名字「真好聽」，她為之目瞪口呆。

「像我就討厭自己田中早知子這個名字。」

「為什麼？」

「因為實在是太普通了。」

早知子的聲音幾欲融入四周的蟬鳴聲中。

「華沙沙木先生，還有日暮先生，你們也都有個很奇特的姓，真教人羨慕……」

我第一次聽人這麼說。今天華沙沙木才剛把我的姓說成「蟲子」，令我對自己的姓氏有種自卑感，此時聞言，我大為欣喜。

「老闆叫妳。」

背後傳來宇佐見的聲音。

「啊，是。」

早知子就像在教室裡被點到名的學生般，馬上站起身，向我們行了一禮後，離開了河邊。當她正準備從宇佐見身旁經過時，宇佐見一把拉住她作務衣的衣袖，將她留住。對女性來說，這樣的動作略嫌粗暴。

「在回工房前，我先警告妳。從明天起，妳也算是這裡的入門弟子。既然是入門弟子，工作上就不許失敗，明白嗎？」

「……是。」

「不准妳再做出像之前那樣的古怪信箱。要是害我、阿匠、老闆增加不必要的工作量，那我們可就頭疼了。」

早知子低頭說了些話，但從我們所在的位置，只微微聽得到幾個母音，聽不清楚詳細內容。太陽逐漸西傾，橘色的夕陽餘暉遍照在形成一處緩坡的河灘上。宇佐見努了努下巴，示意要她快去，早知子微微行了一禮，就此走進小路。宇佐見望著她逐漸遠去的背影，最後補上一句：

「那個信箱就像妳一樣。」

猶如被細針刺中般，早知子纖瘦的背影為之一震。

「老闆娘也真是的……竟然買了那麼多酒回來。」

宇佐見一臉愁容，緩緩走來。

「酒？待會兒要舉辦宴會是嗎？」

聽華沙沙木這麼問，宇佐見聳了聳肩，一臉不屑的應道：

「是為了慶祝。慶祝她正式成為入門弟子。好像是想給她來個驚喜。老闆、老闆娘，還有匠川先生，他們可真是大費周章……」

宇佐見以鼻孔呼吸，暗自點頭，自言自語般的從他整齊的白牙間道出這番話語。

「像她那麼沒本事的人當上入門弟子，有什麼好高興的。真搞不懂。」

宇佐見那理應會映照出夕陽紅光的雙眼，不知為何，此時只顯灰暗。他似乎不喜歡讓人看出他的心思，視線投向地面，對著腳下的石竹低語道：

「神轎的螺鈿工藝……上頭撒上這種花的圖案也不錯。」

他白皙的臉頰上浮現一絲憐憫的笑意，接著說了一句令人不解的話：

「如果用這花製作出色的螺鈿工藝……她或許就會明白一件事。」

話說，真正教人難以置信的，是菜美說她要去『暑期強化集訓』，竟然是騙人的。

「……什麼？」

「我說了，那是騙你們的。我讓我媽看這張傳單，說我要外出三天，就這樣溜了出來，根本沒申請要去參加集訓。順便告訴你們吧，之前我說集訓地點就在這附近，那也是假的。其實是在千葉縣。」

那是我們準備下山，三人一同來到小貨車旁的時候發生的事。

「妳為什麼要說這種謊？」

「因為我不想待在家裡。」

我這算是離家出走，菜美如此說明道。她還說，最近她和母親處得不好，要是兩人再繼續同處一室，有可能會爆發衝突，所以她才決定在外頭待上三天。

「昨晚也是吵了一整晚，根本完全沒辦法睡。我對我媽說，想到有三天見不到妳的面，就覺得心情輕鬆不少，結果她就此大發雷霆。」

就是這樣菜美才會打瞌睡是吧。

「不過妳這樣不行哦，還是要乖乖回家才對。」

「那也得等到後天才行。因為我去參加集訓了。」

「那這段時間妳住哪兒？」

「我打算住華沙沙木先生的事務所。幹嘛擺出那種臉嘛。不過是離家出走而已，有什麼關係嘛。又不會給人添麻煩。」

妳這話的意思，是不會給我們添麻煩嘍？

「喂，華沙沙木，怎麼辦？要跟她母親聯絡嗎？」

然而，華沙沙木卻是雙臂盤胸，暗自沉吟，頻頻點頭。

「那正好。打從剛才起，我就不太想離開這裡。離開這處充滿犯罪氣息的場所。這裡有一座歷史悠久的木工行、店裡工匠間的恩怨糾葛、遺留在神木上的殘酷傷痕，以及『你也會變成這樣』的神祕訊息。我的腦細胞打從剛才起，就一直喊著『快讓我們工作、快讓我們工作』。」

「咦，然後呢？」

我們不回去——華沙沙木說。

「等這件事解決後再回去。這才是我們的風格，不是嗎？」

之前根本從沒聽過有什麼風格，但就在我要開口時，他又接著道：

「話說回來，這次的事件不算太難。可以說就快要將軍了。只差最後一步了呢，日暮老弟。再一步就能將軍了。」

每次想不出答案時一定會用的台詞，再次從華沙沙木口中說出。附帶一提，他以前從沒下過棋。

接著，華沙沙木大搖大擺的來到工房的玄關前，用力打開拉門，朗聲宣布道：

「今晚請讓我們在這裡借住一宿！」

（五）

結果卻是被一口回絕，想也知道。

「你們真是怪人，竟然會突然開口說要借宿。」

雖然他們不同意讓我們留宿，但因為機會難得，老闆娘准我們喝一杯再走，我們就此並排坐在客廳的坐墊上。慶祝早知子成為入門弟子的酒宴已經開始。

「那是因為這位日暮先生人稱『過一天算一天』，哈哈哈！」

華沙沙木從剛才起就毫不客氣的猛喝啤酒。看來他回程時是不想開車了。

「你也喝一點嘛，過一天算一天先生。」

「不，我還要開車，所以喝茶就行了……」

老闆娘微微噘嘴，再度朝華沙沙木的杯裡倒酒。一旁的菜美喝著果汁。她就像來到熟悉的親戚家中一樣，神情輕鬆，完全融入現場的氣氛中。

「喂，喂！」

已喝得酩酊大醉的老闆，那張宛如將棋般的國字臉朝我貼近，呼出熏人的酒臭。

「喂，增生！」

「我叫正生。」

「正生！你的手指長得挺漂亮的。這手指很適合當木匠呢。想不想到我這裡當學徒啊？」

「老公，你又說那種話。」

「妳少插嘴！」

感覺就像這樣，老闆和老闆娘一直都話很多。最資深的匠川則是捧著日本酒酒瓶，不時的望著老闆和老闆娘，頻頻點頭，笑得滿臉都是皺紋。唯一顯得不太高興的，就只有我、宇佐見，以及早知子，我只是因為疲憊，但他們兩人卻似乎各有所思。

不久，老闆站起身，說了一句「我去洗澡」，便走出客廳。由於這裡只有一間浴室，所以是依照身分依序入浴。

「我先生先洗，最後才輪到我和小早。一直到昨天為止，我和她都還沒有先後之分，但從今天起，小早已經是入門弟子了，所以得比我先洗才行。」

「啊，我最後洗沒關係。」

「那我們一起洗好了？」

聽老闆娘這麼說，早知子頓時表情為之一僵，連忙搖頭。不過是拒絕對方的邀約罷了，但她的動作感覺很突兀。

「哎喲，幹嘛顧忌那麼多嘛。小早每次都這樣拒絕我。有機會的話，真想和小早共浴一次看看。她身材一定很好。你說是不是啊，過一天算一天先生？」

「這個……」

我不置可否的搖著頭，這時，邊櫃上的電話鳴響。老闆娘接起話筒，恭敬的向對方問候後，朝早知子遞出話筒。

「是妳父親從神奈川打來的。」

「啊，不好意思。我中午時打過電話。」

早知子說，因為終於成為入門弟子，所以她打電話回老家，向答錄機報告此事。

「應該是打來向我祝賀的。」

她嘴角微微上揚，接過話筒，與父親聊了一會兒。雖說是打來祝賀的電話，但早知子的聲音愈來愈小，顯得戰戰兢兢，於是我不動聲色的豎耳細聽。客廳裡的其他人似乎也都在意起她的電話內容，大家都停止交談，注視著她的背影。

「嗯……可是……咦？我說我沒事……雖然今天發生一件可怕的事……啊，其實也沒什麼啦……」

這時，早知子變得聲若細蚊。她以手掌包覆話筒，結結巴巴的不知在向她父親說明什麼。

「小早的父親，是一家大型房地產公司的社長。」

老闆娘朝我和華沙沙木中間探頭，悄聲說道。

「他是個很嚴厲的人。與其說嚴厲，不如說是擔心小早這個獨生女。當初小早到我們店裡來時，她父親極力說服她，想要她回心轉意。但小早說她無論如何都想在這裡工作，硬是離家出走。這兩年來，她父親也來過這裡幾回。特地來說服小早。」

那生性嚴厲又愛操心的父親，剛才可能是從早知子口中聽聞那起風波吧。

「不過，這些做父親的真是沒用，他這麼做，小早心裡一定會想，我才不要回家呢。當然啦，這不是她本人親口說的，但我懂那種感受。因為我是女人。」

老闆娘嘆了口氣，以憐憫的眼神望著早知子的背影。

「希望她父親別強行把她帶走才好……」

不久，早知子掛上電話。她轉身面向我們，發現眾人的目光全往她身上匯聚，旋即一臉歉疚的低下頭去。

「抱歉……我講出神木的事了。不過請放心，我交代過家父，絕不能告訴別人。」

「沒關係啦，用不著那麼在意。比起店裡的事，我們更擔心妳。妳父親可有什麼意見？」

早知子低著頭，就像刻意避開老闆娘的視線般，軟弱無力的應道：

「他很擔心……不過，應該沒什麼問題才對。」

「喂，增生！」

身穿日式傳統便服的老闆走進客廳，不知為何，筆直的朝我走來。

「我洗完澡，向來都會喝一杯特別飲料。含有豐富維他命，你也喝一杯吧。喏，拿去喝。」

他手中的瓶子，裡頭裝有透明的液體。我點頭道謝，遞出我用來喝茶的茶杯。老闆替我斟了滿滿一杯，比手勢要我一口氣乾了它。這時候拒絕有所不妥，於是我恭敬不如從命。

只覺得咚的一聲，有個東西直貫腦門。

「不好意思，是龍舌蘭！」

老闆像孩子般嘿嘿嘿的笑著，我只感到他的聲音倏然離我遠去。

待我醒來時，人已置身在一間只亮著燈泡的昏暗房間裡。

身邊傳來吵鬧的鼾聲。我雙手撐著暈眩的腦袋坐起身，發現打鼾的人是老闆。而華沙沙木坐在另一側，他和老闆中間隔著我。房裡有三床墊被，緊挨著鋪在地上。我向華沙沙木詢問是怎麼回事，得知好像已過了兩個小時。

「在老闆娘的好意下，收留我們在此過夜。南見現在去洗澡了。今晚她會睡在老闆娘的房間裡。……重要的是，日暮老弟。」

華沙沙木嘴角輕揚。

「將軍。」

此刻我連說話都覺得不舒服，所以只隨便應了幾句。他似乎不太高興，露出不悅之色。

「日暮老弟，我終於查明這次事件的真相了。」

「什麼樣的真相？」

老實說，我現在的心情，根本什麼都不在乎。

「現在還不能說。等南見洗好澡再說吧。因為向你說明後，又要再向她說明一遍，這樣得多費一番工夫。不過，我猜你可能會很好奇，所以我就給你個提示吧。提示是『力士的矽利康』、『奇妙的信箱』，以及『二滅一剩一』。最後那一項，你就想作是雙關語吧。我打算明天一早到犯罪現場去查看。因為有可能從中發現嫌犯所遺留的東西。」

「遺留的東西……」

入口處的拉門開啟，菜美身穿睡衣，背對著走廊的燈光，往房內窺望。

「日暮先生，你醒啦？浴室現在沒人洗哦。」

「嗯……我不用了。我頭痛。」

「用檜木桶泡澡很舒服，不泡可惜哦。雖然我沒泡澡，因為上面浮著好多頭髮。」

「南見，妳來得正好。我現在──」

「華沙沙木。」

我馬上打斷他的話。

「明天再說吧。因為菜美也累了。她昨晚和她母親吵架，整晚沒睡好不是嗎？」

「可是，我好不容易──」

「等她頭腦清醒時再講給她聽吧。我現在頭也很痛，不管聽你說什麼，明天一定就忘了。」

「這樣啊。那可不好。」

華沙沙木很坦率的頷首，轉身面向菜美說了一句「沒事」。菜美側頭感到納悶。

「那我去老闆娘的房間睡覺嘍。」

「明天要乖乖回家哦。」

聽我這麼說，菜美做了個有點像點頭，卻又不太像的動作，關上拉門。

接著華沙沙木熄去燈泡，我們躺向各自的被窩。在老闆的如雷鼾聲中，開始夾雜著華沙沙木平穩的睡覺呼吸聲，我輕嘆一聲，就此起床，躡腳走出房外。雖然步履踉蹌，腦袋裡就像塞滿了鐵釘一樣，但有件事我非做不可。

（六）

一早，遠處傳來一名男性的聲音，我就此醒來。

會是誰呢？他以嚴厲的口吻不知在說些什麼。我坐起身，發現晨光從窗口射進的房內，已不見老闆的身影。一旁的華沙沙木正揉著眼睛，豎耳細聽門外的動靜。這時，一頭亂髮的菜美打開拉門，神色慌張的往門內探頭。

「早知子小姐的爸爸來了，情況好像不太妙呢！」

我們前往客廳一看，一陣緊繃的氣氛朝全身的肌膚直逼而來。

「總之，快去收拾行李。有話待會兒再說。」

剛直的面容，筆直的腰桿。給人的印象，就像一個穿著西裝的大型鉛字。工房的眾人全聚在客廳裡。身穿運動服的早知子，在父親面前頹然垂首，雙唇緊抿，不顯一絲血色。

「可是田中先生——」

老闆正要說話時，早知子的父親抬手打斷他，再次對早知子說道：

「快點收拾行李。有人對妳做出充滿威脅的行為，像這麼危險的地方，我絕不能讓妳再待下去。」

昨晚老闆娘擔心的事，終於成真了。

早知子低著頭，雙肩和手臂不住顫抖，她纖瘦的後背無比緊繃。透明的水滴順著她臉頰滑落，從她小巧的下巴滴向地板。她的淚水透過室內緊繃的空氣傳向了我，一股刺痛的感覺，朝我剛睡醒的鼻腔直貫而來。我思索著早知子此時淚水的含意。一面思考，一面佇立原地，不發一語。

「妳不要什麼都聽他的。」

冒出這句話，同時踏步向前的，沒想到竟然是宇佐見。

「既然都過了二十歲，就能決定自己要待在什麼地方。妳不是因為想在這裡工作，才來拜師學藝嗎？這兩年來，妳不是一直很努力嗎？就算妳父親再怎麼囉哩叭嗦，也沒什麼好在意的。」

「囉哩叭嗦……？」

早知子的父親從高出約五公分的位置往下俯視宇佐見雙眼。宇佐見不為所動，抬起下巴回瞪對方。

「沒關係的，宇佐見先生。」

早知子微弱的聲音，在包圍她的緊張氣氛中幾不可聞。

「我、我放棄了。」

「放棄……？妳真的甘願就這樣放棄？」

「宇佐見先生、老闆、匠川先生、老闆娘……我不想給各位添麻煩。」

「可是——」

「沒關係的。」

就像要強行對兩人的交談劃上句點般，早知子口氣強硬的說道。接著她面向老闆，緩緩開口道：

「昨天搬來的家具用品，費用請從我的薪水中扣除。雖然好不容易才蒙您收我為入門弟子，但我卻……給您添麻煩了。」

她深深一鞠躬，在充滿怒氣與同情的沉默中，早知子步出客廳。

「我去收拾行李。」

她父親面無表情的跟在後頭。早知子打開玄關拉門時，眼前出現一輛與四周山林風景很不相襯的黑色高級車，陽光照向車身，形成折射。

「和我想的一樣。」

華沙沙木低語道。接著以眼神催促我和菜美走向玄關。我們三人打開拉門走出後，正好看見早知子和她父親的背影，兩人不發一語的朝宿舍走去。華沙沙木一臉不悅的說道：

「早知子小姐真可憐。話說回來，宇佐見那個男人……還真是演技高超啊。」

「華沙沙木先生，這話是什麼意思？」

「這我待會兒再說明。現在得先確定我的推理是否正確。你們跟我來。」

華沙沙木率先邁步前行。來到宿舍入口處後，他毫不猶豫的行經走廊，站在早知子的房間前，裡頭傳來物品的碰撞聲。房門旁隨地擺著兩個像是她父親帶來的行李箱。

「有什麼我們可以幫忙的嗎？」

華沙沙木走進房內，朝正從衣櫃裡取出衣服的早知子喚道。她父親靠在房內的牆邊，以詫異的表情望著我們。

「啊，不用麻煩……這次也給華沙沙木先生你們添麻煩了。對菜美也是，抱歉。」

「我們一點都不麻煩。倒是妳，要打起精神哦。不可以因為這樣的小事就認輸。」

華沙沙木一面說，一面若無其事的環視房內。但似乎沒找到他要找的東西。我站在他背後，蹲下身，微微打開擺在走廊上的行李箱。

「嗯……這是什麼？」

我小小聲的說道，華沙沙木聞言，回過身來。

我手伸進行李箱裡，取出兩個白色物體。表面觸感柔軟，像手掌般大小，形狀如同一座小山。像是小飛盤，也像海綿蛋糕，更像是墊肩。

華沙沙木瞬間挑起眉毛，以只有我聽得到的聲音悄聲道：

「快放回去，日暮老弟。只要確認過就行了。」

我將那東西放回行李箱後，他朝房內喚了一聲「打擾了」，就此快步離開宿舍。菜美和我急忙追在他身後。

說到剛才那兩個白色物體，既不是小飛盤，也不是海綿蛋糕，更不是墊肩……

「那是胸墊，日暮老弟。」

沒錯，正確答案。

「胸墊？」

「為什麼那個地方會有胸墊？」

華沙沙木豎起細長的食指，打斷我和菜美的提問。

「神木被破壞的木材放置場，好像就在底下不遠處。待會兒去那裡看看。也許還能找到可以用來證明我推理無誤的證據。」

我們開始順著山路往下走。林間樹葉往頭頂匯聚，為天空加上了馬賽克，不久，一部分的馬賽克突然開闊起來，來到一處堆放大量圓木的場所。這裡就是「神木破壞事件」的犯案現場。

一隻知了在一旁的樹叢放聲鳴唱。聲音就像會產生連鎖效應般，數量愈來愈多，數秒後，附近一帶已被熱鬧的叫聲所包圍。不同於昨天在河川對岸聽到的叫聲，這是刺耳的噪音。

「早上也會有蟬叫啊。」

「是啊。不過……這種聲音適合站在遠處聽。」

華沙沙木皺起眉頭。我也這麼認為。

「對了，南見、日暮老弟，你們可以幫我仔細查看地面嗎？要是發現什麼奇怪的東西，要馬上通報我。」

在他的吩咐下，我們開始低著頭，在地面上來回查看，但根本不必找太久。因為才過了二十秒左右，菜美便發出一聲驚呼。

「華沙沙木先生，這該不會是螺鈿吧？」

「幹得好，南見！」

華沙沙木滿面興奮之情，朝菜美跑來，從她手中接過那塊白色薄片，貼在面前定睛凝視。那塊薄片形狀猶如花瓣，前端像羽毛般分叉。

「是石竹。做成石竹形狀的螺鈿。」

華沙沙木緩緩轉身面向我。沉默了數秒後，煞有介事的宣布道：

「我來做個完整的說明吧。」

菜美表情為之一亮，立正站好。

「這次的事件，是宇佐見啟德這個男人為了成就個人的野心，經過一番綿密的計算後，擬定出這項計畫。」

「宇佐見先生？」

菜美為之瞠目。

「南見，妳還記得昨天他在河灘上說的話嗎？他望著腳下的石竹說道『神轎的螺鈿工藝用這種花的圖案也不錯』。而另一方面，在神木遭破壞的木材放置場裡，卻遺落有這種石竹造型的螺鈿工藝。妳不覺得這兩者有矛盾嗎？」

「矛盾……？」

「原本理應是他昨天才想出設計的螺鈿，應該不可能現在會掉落在這裡吧？」

菜美啊的叫了一聲。

「沒錯！後來馬上就舉辦那場酒宴，宇佐見先生根本沒時間製作螺鈿！」

「一點都沒錯。這麼看來，這個螺鈿是昨天之前就做好的。他昨天在河灘首次想出這種螺鈿工藝的設計，那全是裝出來的。他早在之前就決定在神轎的螺鈿工藝中加入石竹造型的設計，而事實上，他甚至暗中進行製作。不過南見，妳不覺得古怪嗎？因為決定用神木製作神轎是昨天早上的事。之前根本不知道會做鳥居還是神轎。是因為神木遭人破壞，才不得不決定製作神轎。但宇佐見卻事前便已在準備神轎用的螺鈿。為什麼他會這麼做？因為他早知道會用神木來製作神轎。而他為什麼會知道呢？答案只有一個。」

華沙沙木像在考驗似的望著菜美。

「難道是……宇佐見先生想出破壞神木的計畫，並付諸實行？」

「答得漂亮，南見！這個螺鈿肯定是這項計畫在執行時，不小心掉落。可能是黏在他作務衣的下襬上吧。既然他是深夜犯案，或許也可能是黏在他的睡衣上。」

菜美一臉納悶的詢問。

「可是，為什麼宇佐見先生要這麼做？」

「第一個目的當然是要替自己製造一個大顯身手的機會。二減一剩一，只要無法製作鳥居，工房就只能製作神轎了。而他也將會被交付神轎螺鈿工藝這個重要工作。但還不光是這樣。這次破壞神木，對他來說是一箭雙鵰的計畫。那麼，他的另一個目的是什麼呢？那就是把他長期視為絆腳石的早知子小姐趕出工房。因為早知子小姐頗受老闆和老闆娘賞識，又有木匠的資質，日後將會成為入門弟子。這裡同樣是二減一剩一的道理。工房裡只有兩名年輕弟子。只要能趕走其中一人，留下來的人就更會受到注意。這就是宇佐見打的算盤。為了將早知子小姐趕出工房，他決定利用早知子小姐的父親。宇佐見深知她父親個性嚴厲，又愛操心，他推測，要是工房裡發生什麼危險的事，早知子小姐的父親一定會前來把她帶走。不過，為了達成這個目的，若光是破壞神木，還不夠震撼。」

「所以……他才在神木上刻下那樣的訊息？」

「好樣的，南見！」

華沙沙木伸指比向菜美的額頭。

「刻在神木上的訊息相當駭人，只要讓早知子小姐的父親感覺到女兒會有危險就行了。於是他才會刻意在上頭留下『你也會變成這樣』的駭人訊息。而昨晚早知子小姐也打電話向父親告知這件事。要是早知子小姐沒說的話，宇佐見一定是打算自己跟她父親說。也許他原本想的是用寫信之類的方法。總之，後來已經沒那個必要。因為早知子小姐那通電話，她父親今天一早馬上便趕來工房。一切誠如宇佐見所策劃，早知子小姐的父親命令她收拾行李，離開工房。」

華沙沙木嘆了口氣，望著空中，就此沉默良久，就像在細細回味那朝胸口進逼而來的哀傷般。由於時間已所剩不多了，所以我決定要他繼續往下說。

「華沙沙木，宇佐見先生這是第一次想趕走早知子小姐嗎？還是說，之前他就已經想——」

他抬起單手打斷我的話，我就此把說到一半的話又吞回肚裡。

「這當然不是第一次。之前他握有某個把柄，一直拿它來欺負早知子小姐。不過在那之前，日暮老弟，我要先指正你一點。你的用詞有誤。」

「我用詞有誤？」

「不是女性的她，而是男性的他。」

我瞪大眼珠，往前伸長脖子。

「早知子不是女性，而是男性。早知子這名字也擺明著是假名，他的真名應該是像早知夫這類的名字才對。過去他極力掩飾這個事實，在工房裡生活。而這正是宇佐見握在手中的把柄。宿舍那個行李箱裡所放的胸墊，便足以證明早知子是男兒身。而早知子不想和老闆娘一起洗澡，這也是理所當然的事。要是袒裎相見的話就穿幫了。不過，有個人早就看穿早知子是男人。他就是宇佐見。你們回想他昨天說的話。我們在場時，他挑明著威脅早知子的那句話。」

「宇佐見先生威脅早知子的那句話？」

「也就是早知子做的信箱。早知子不是用錯材料，以一半日本扁柏，一半日本花柏，做了那個信箱嗎。宇佐見曾說『就像妳一樣』。這句話不正是如實表現出他狡猾的一面嗎？那是不會讓周遭人發現話中的含意，而又能對早知子構成強烈傷害的一句話。」

「為什麼那句話會對早知子小姐造成強烈傷害？」

「南見，妳……」

華沙沙木以銳利的目光注視著菜美，向她問道：

「妳在學校裡，還沒學過性染色體吧？」

菜美回答道，在學校雖然沒學過，但曾經在書本上看過。

「那妳回想一下，同時擁有性染色體裡的X和Y，是男人還是女人？」

「是男人。書上是這麼寫的。」

「答得好。那妳再回想一下。昨天老闆娘是如何教我們分辨日本扁柏和日本花柏的呢？」

菜美先是露出沉思的表情，接著露出猛然驚覺的表情。想必是已經察覺華沙沙木話中的含意。

「她告訴我們葉子背面有Y和X兩種紋路！我懂了。日本扁柏和日本花柏，也就是Y與X。這是男性性染色體的組合，所以宇佐見先生說信箱『就像妳一樣』，那句話意指『妳是男人』，是對早知子小姐的一種攻擊！」

真是標準答案。華沙沙木很滿意的點著頭。

「像那樣的威脅或是心理層面的攻擊，宇佐見過去曾多次對早知子做過。但早知子還是沒離開工房，於是不得已，他只好使出這次的強硬手段。在早知子正式以入門弟子的身分開始工作之前。」

「可是……華沙沙木先生，這到底是怎麼回事？早知子小姐是男生，她為什麼要這麼做？」

「一切都是為了憧憬……我是這麼認為。」

華沙沙木因痛苦而在額頭上形成一道縱紋。

「老闆娘不是說過嗎。對於之前想來拜師的人，老闆幾乎都給他們吃閉門羹。而他之所以准許早知子以暫時徒弟的身分在店內工作，是因為他想在木工中加入女性特有的觀點。如果當初身為門外漢的早知子，以男性的身分前來拜師，恐怕也會像其他人一樣吃閉門羹吧。早知子自己也明白。儘管如此，他還是想在工房裡工作。所以他心生一計。利用自己個子嬌小，而且長得很女性化的外貌。」

「啊，經這麼一提，早知子小姐要是把頭髮剪短，穿上男人的服裝，確實看起來滿像男生的！」

或許對大部分的女性都可以這麼說，不過我還是表情凝重的點了點頭。華沙沙木緩緩搖了搖頭，仍舊一臉沉痛的表情。

「早知子的行為，就像是為了當上相撲力士，而在頭頂上灌入矽利康一樣[12]。不過，以早知子的情況來說，他不是入門之後就沒事了。每天都得隱藏自己是男人的這個祕密，這種生活有多麼痛苦啊。而他自己肯定也很明白這點。當初想必是因為憧憬這家歷史悠久的工房，想在這裡工作，才會做出如此悲壯的決定。為了向他的決心表示敬意，我不打算將真相告訴任何人。我會把這個祕密帶進墳墓。」

這樣做比較好。

「我們回去吧。也該是坐上小貨車下山的時候了。」

華沙沙木仰望高空。

「犯罪的氣味真是刺激啊……不過，要是因為刺激而長時間聞不停的話，可是會中毒的。」

他將手中的白色薄片拋向地面，完全不當一回事。接著轉身背對我們，往山路走去。

「等等，華沙沙木先生。你不告發宇佐見先生嗎？明知他有罪還放過他……」

「妳錯了，南見。」

華沙沙木背對著我們說道。他停下腳步，轉過身來，臉上浮現既疲憊，又落寞的笑容。

「這是他們兩人的遊戲。追求彼此的夢想和野心，以犯罪當籌碼所設下的一場賭局。如果說這次宇佐見的行為有罪，那麼，早知子男扮女裝在這裡工作，一樣有罪。我們不是這場遊戲的裁判。我們只是觀眾罷了。」

他再次轉身背對我們，最後說了一句。

「遊戲結束，觀眾也該回家了。」

華沙沙木低著頭往前走，背後蟬噪如雨，菜美朝他的背影注視良久。不久，她就像受到心中湧現的情感驅策般，往前奔去，一把抱住華沙沙木背後。華沙沙木說了些話，菜美朗聲大笑。那開朗的笑聲，摻雜在陣陣蟬鳴聲中，我聆聽那交雜的聲響，伸手揉著疲困的眼皮。我緩緩蹲身撿起掉落地上的白色薄片，把它收進錢包裡。昨晚我幾乎完全沒合眼。不是為了華沙沙木，而是為了菜美。因為有「天才華沙沙木」在，她才能在開朗的笑聲中活下去。

我不能讓她失望。

⑫過去要當相撲力士有身高限制，因此有人在頭皮內注入矽利康，以此增加高度通過體格檢查。

（七）

回到工房後，我們只向老闆簡單的問候幾句。

「菜美，妳今天最好乖乖回家。」

坐進小貨車時，我如此說道，菜美卻出人意表的笑著回答：

「那當然，我會回去的。」

我就此鬆了口氣，但她為何突然變得這麼安分呢？她一面打開前座的車門，一面悄聲道：

「你沒聽剛才華沙沙木先生說的話嗎？遊戲結束後，觀眾也該回家了。」

原來如此。華沙沙木說的話，沒想到在這種情況下會派上用場。

我們三人坐上小貨車，離開工房。和之前一樣被迫坐進貨架裡的我，在車子行駛約三十秒後，我趨身向前，敲打駕駛座的窗戶。

「抱歉，我去借一下廁所。我想吐。」

「宿醉嗎？拜託。」

我快步跑回工房，但我沒走進玄關，而是直接往宿舍而去。早知子似乎已整理好行李，穿著T恤和牛仔褲，和她父親一起站在房門前。早知子手上拿著那塊「胸墊」。見我走來，她露出困惑的眼神，舉起她手上的東西讓我看。

「這是……什麼啊？放在我的行李箱裡。」

「不知道耶，可能是老闆娘送妳的餞別禮吧。那是小盤子對吧？」

「嗯，好像是在小盤子外面纏上緩衝材。可是，它還很仔細的用黏著劑黏上呢。」

那是老闆娘之前用來裝芝麻煎餅和糯米脆餅的小盤子。我將用來纏在木工作品外頭的發泡性聚苯乙烯緩衝材黏在小盤子上。那是昨晚大家都熟睡後，我潛入廚房和作業區製作的「胸墊」。剛才華沙沙木潛入這個房間時，我偷偷在他背後把這東西放進行李箱裡。

「早知子小姐，可以佔用妳一點時間嗎？」

我拿定主意，決定要帶她到河灘去。她父親面露狐疑之色，但可能是因為終於可以帶女兒回家，稍感寬心，他什麼話也沒說。

我朝昨天同樣的地點坐下。

早知子頗感困惑，坐向我身旁。

「我想問妳一件事。」

微風徐來，吹動早知子的瀏海。她似乎覺得瀏海礙事，微微搖了搖頭，長髮兩度甩到耳朵上，但旋即又恢復原狀。能讓夏天的和風將長髮吹拂得這般迷人，絕不是男人所能辦到。

「早知子小姐，妳今天早上為什麼哭？妳的願望明明已經實現了。」

聽我這麼說，她似乎已明白我的意思。她先是雙目圓睜注視著我，旋即望向地面低語道：

「你都知道了……」

我頷首，又重複問了一次。她猶豫良久後，這才開口回答。

「一定是因為我對自己做的事感到羞愧，而且覺得悲哀。雖然這只是我個人任性的說詞。」

「人們都一樣任性。」

又一陣風吹來。早知子撥動著瀏海，動作比剛才還要顯得滿不在乎。

「但一定沒有我這麼嚴重。」

「我不認為妳是那麼任性的人。因為妳最後還是為工房著想，不是嗎？就連當初破壞神木也是。為了達成逃離工房的目的，就算做出更惡劣的行徑，應該也沒關係。因為妳要是真那麼做，令尊在得知消息時，會受到更大的震撼。也許更有可能強行將妳帶回。但妳卻用巧妙的手法破壞神木，讓它還有辦法用來製作神轎。」

早知子沒有答話，雙手抱膝，不發一語。

這次華沙沙木的推理，有某個部分相當可惜。嫌犯在損毀神木時，確實是挑選某些部位加以破壞，讓它可以製作神轎。目的在於讓早知子的父親得知此事，因擔心她的安危而前來帶她離開這座工房。但最重要的部分弄錯了。下手的人不是宇佐見，而是早知子。

「我只因為憧憬而入門拜師，卻沒有深思過自己是否真能在這樣的環境中生活……。我的確還只是個孩子。當木匠真的很快樂，不過，那終究還是男人的世界。我沒那個能耐。自從當上暫時弟子，在這裡生活後，我馬上便發現這點。我很賣力的工作，吃完晚餐後，仍獨自以刨刀和鑿子做練習，這就是我想做的事，能這樣工作是我的憧憬，我每天都樣告訴自己。」

早知子似乎淚水上湧，她緊緊閉上眼睛，想忍住淚水。

「……但還是辦不到。」

這兩年來，她心中一直潛藏著如此痛苦的思緒。

「我只是想成為像連續劇或小說裡的女性人物一樣。因為我的外表和名字都如此平凡，所以我想變得和她們一樣。可是當初我不顧父親的反對，離家出走，現在要我說放棄，我實在說不出口。不論是對工房裡的人，還是對我父親。」

就在她猶豫不決時，老闆終於認同了她，收她為入門弟子。還在宿舍裡準備好生活用具，早知子逐漸陷入難以抽身的窘境中。她想逃離。想回到自己家中。但她無法向人坦訴心衷。

「我被逼得無路可走……就此做出那樣的荒唐事。老闆、老闆娘、匠川先生、宇佐見先生，我對他們恩將仇報。」

早知子再度熱淚盈眶，她緊閉雙眼。但這次終於再也按捺不住淚水，從眼角滑落。我望著淚水落向她的T恤，滲進布面裡，消失不見，開口對她說道：

「昨天在作業區的情況以及那場酒宴……在看過那極度男性化的日常風景後，我便心想，女性應該很難融入這樣的環境中吧。就連洗澡也是，早知子小姐，妳向來都沒泡澡對吧？昨晚菜美也說她不敢泡澡。」

因為不想讓老闆娘知道自己不敢泡澡，所以之前老闆娘邀她一起共浴，早知子都加以婉拒。

仔細想想，昨天我們搬來的生活用具，也不是早知子自己挑的，而是老闆親自打電話訂購。就老闆來說，也許他是出自一份慈愛之心，不想讓早知子為這些不必要的事煩心，希望她能專注在工作上，可是不讓她挑選自己每天要使用的生活用具，這是男人特有的強勢作風。我想起之前我們將這些用具搬進宿舍房間時，早知子指示擺放位置時，那滿不在乎的態度。

對早知子而言，在工房裡的生活，就像蟬鳴聲一樣。遠聽覺得悅耳，但近聽卻和想像中截然不同。

「今天早上，宇佐見先生為了讓妳繼續留在工房裡，和令尊起了爭執。只有他了解妳心中的感受，這點倒是令我有點意外。」

早知子下巴微微往內收。

「確實只有宇佐見先生注意到我的感受。他早我半年從京都來到這裡，每天都很努力的磨練自己的實力，所以我猜他應該很輕易就能察覺出我猶豫不決的心境。他是位很溫柔的人。總是拐了個大彎來指出我不夠積極的態度，以此激勵我。」

——那個信箱就像妳一樣。

那一定也是一句激勵的話。半日本扁柏，半日本花柏的信箱，就像早知子的心一樣，這是宇佐見想說的話。

早知子破壞神木時，之所以讓它無法用來製作鳥居，用意應該是要回報這位前輩吧。安排出只能製作神轎的情況，給宇佐見一個製作螺鈿工藝，大展手藝的機會，早知子應該也有這麼想吧。

我如此詢問後，早知子不置可否的低頭望著地面，默不作聲。不過，她的沉默比任何話語更具說服力，我再次於心中否定她剛才說自己「任性」的那句說法。

剛好在我們兩人中間有一叢盛開的石竹。

「對了，宇佐見先生說過，要在神轎的螺鈿工藝上採用這種花的樣式呢。」

我伸指拿起那柔軟的粉紅色小花。

「用石竹？」

「是的。他還說，如果用它做出漂亮的螺鈿工藝，妳或許就會明白一件事。當時我不懂他指的是哪件事。不過現在我發現了。」

我輕撫著花瓣，試著向她傳達我的想法。

「石竹的花語代表『純愛』。說到純愛，並非只限於男女之間。宇佐見先生希望具有木匠資質的妳，能對木工注入率直無偽的愛。他應該是想讓妳見識上頭撒上許多『純愛』的漂亮螺鈿工藝，告訴妳它的花語，然後讓妳明白率直的美好吧。明白率直的愛情會描繪出如此美麗的圖案。」

早知子以柔弱的眼神凝望那隨著夏日和風搖曳的石竹。不久，她抬起臉，以泫然欲泣的表情給了我一個微笑。

「要是他早點給我看那樣的螺鈿工藝，讓我曉悟的話……我也許就會改變想法了。」

現在還來得及——這種話她應該不想聽吧。她突然收起笑容，正面凝視眼前的河川。我這才發現，四周已滿是夏日的氣氛。波光粼粼的透明河水。不時翻動葉面的濃綠草木。空中飄蕩的積雨雲。此時獨缺知了的鳴唱。不論遠處還是近處，都聽不到蟬鳴聲。

我望向手錶，立起單膝。

「我也差不多該走了。佔用妳這麼多時間，真的很抱歉。」

早知子只讓我看到她的背膀，和我做了個簡短的道別。離去時，我發現她正低著頭，臉頰微微顫抖。顫抖變得愈來愈激烈，從她喉中發出細微的嗚咽聲，早知子猛然抱住自己雙膝，開始哭了起來。那是很安靜的啜泣。但她的哭聲旋即佔滿我整個身體。躊躇再三後，我決定就此邁步離去，這時，她刻意低聲道：

「今後不管我做什麼，一定都不會成功。我自己知道。我一輩子都是如此庸碌平凡。找不到半項優點……」

接下來的話語，消失在淚水中。緊接著，她極力壓抑的嗚咽，令她纖瘦的背膀間歇性的顫動。我重新轉身面向她的背影，雖然不知道此時她是否聽得進去，但我還是決定說出我從剛才所得到的感受。

「妳知道河川為何是這樣彎彎曲曲的嗎？」

她沒回答。但我還是自顧自的說道：

「因為水會避開高處而行。所以河川總是像這樣蜿蜒曲折。這條河更是如此。一會兒右彎，一會兒左轉，幅度很大。不過妳不覺得它很美嗎？」

這次傳來的只有嗚咽聲。就像不想看眼前的河川般，她把雙眼緊緊抵向牛仔褲的膝蓋處。

「昨天來到這處河灘時，我心裡想，如果這是條筆直的河川，就不會是這般如畫的美景了。因為這樣根本一點都不像河川。所以河川就得這樣才對。就是得蜿蜒而行。正因為彎彎曲曲，河水才會流動。就算有人拿尺在地圖上畫一條直線，教它照著路線走，也不可能辦得到。」

我對著早知子的背後這樣說道，連我也不明白自己在說些什麼。雖然不明白，但我還是想告訴她這種不明白的感受。

「我們人每天都想著各種不同的事，對各種事物感到憧憬，就像彎彎曲曲的河流一樣。每個人都是這樣。在順著水流行進時，不知道會到達什麼樣的地方。不過我認為，這彎蜒曲折的過程很重要。」

不久，早知子停止哭泣。雖然全身還留有剛哭過的餘韻，但此時她就像是個想睡的孩子，眼神茫然的望著前方的河流。山鳥緊貼著河面飛行，鳥尾朝水面拍了一下。

「這是妳通過蛻蜓過程的紀念。」

我朝早知子身邊蹲下，從錢包裡取出那白色的薄片。

「妳不嫌棄的話，就收下吧。」

她把薄片放在掌中，露出深感不可思議的表情。

「這是……螺鈿？」

我搖了搖頭。

「是我昨晚做的。我用菜美帶來的修正帶，將這裡的石竹花瓣塗成白色，然後抹上作業區裡的透明漆。」

要是她問我為何這麼做，我該怎麼回答好呢？我沒想好該怎麼回答。不過我不必操這個心。早知子濡溼的黑色眼瞳，朝手掌中的假螺鈿凝視了半晌，接著就像接受了它一樣，把薄片靠向自己胸前。

「昨晚老闆也說過。」

她平靜的聲音，乘著從河面吹來的微風一起傳來。

「日暮先生，也許你能成為一名好工匠呢。」

「我會多買一些修正帶，好好修練的。」

她嫣然一笑。那笑容美麗動人，我不曾從任何人臉上見過這般美麗的容顏，不知為何，我突然覺得想哭。我急忙轉過臉去，這時，對面河岸突然響起蟬鳴。一隻、兩隻、三隻……對岸突然一下子滿是悅耳的蟬鳴聲。早知子也同樣感到吃驚，她抬起臉，側著頭納悶的望向對岸。遠方傳來的蟬鳴聲果然悅耳動聽，正當我這麼想時，淚水終於忍不住奪眶而出。為了掩飾淚水，我刻意開口說了一句：

「好像有個地方稱呼蟬為『不捨日暮』。」

「不捨日暮……」

此刻要離開這裡，我萬般不捨。

之所以感到不捨，一定是因為不想遺忘，感到珍惜，為了日後能從回憶裡取出，作為前進的力量，而埋藏在心底深處。我並不希望早知子也能對眼前的這一刻感到不捨。不過，我倒是希望她能對自己在工房裡度過的這兩年時光感到不捨。就算不是現在也無妨。只要日後某天她能對此感到不捨，從回憶裡取出這段過往，將它轉化為自己的力量，那就夠了。我深信她一定會這麼做。

「爸，你好像瘦了呢……」

在遠處的蟬鳴聲中，夾雜著早知子這聲低語。

秋

南之繫

（二）

一走下小貨車的駕駛座，連日來寒氣逼人的冷風直朝我衣領處吹來。太陽不知何時失去了蹤影，四周籠罩在陰天溼冷的空氣下，停車場的角落裡，紅花石蒜的紅花隨風搖曳，我一樣錢包裡空空如也。

「那個頑固的和尚……」

這次又被擺了一道。

小貨車的貨架上擺了三個吉他盒。裡頭分別放有原聲吉他、古典吉他、電吉他。是剛才黃豐寺的住持強迫我買下的。在春天那起「銅像縱火未遂事件」以及夏天那起「神木破壞事件」發生時，這名住持要我高價買下形同大型垃圾的衣櫃和書桌，而今天他又把我叫去寺內，要我看他立在正殿牆上的這三把吉他。

乍看之下，這三把吉他都相當老舊。也不知道是不是故意的，上頭的琴弦全都被拆下，根本無法判定是否彈得出聲音。這名活像禿頭鬼怪，長得一臉橫肉的住持，望著這三把吉他，一副無限懷念的模樣，說他年輕時深深為音樂的魅力所著迷。接著他轉身面向我，對我講起「無我」的道理。他說，我在這座寺院裡生活，追求「無我」，其最根本的道理就是忘卻過去，過去即是回憶，回憶對我而言，就是這些吉他，所以你把它們全部買走吧。

——您開價多少？

我戰戰兢兢的詢問，住持豎起兩根像法蘭克福香腸般的手指。

——兩千日圓是嗎？

一把六百六十六日圓，價格還算公道。但住持卻連啐了數聲。

——難道是……兩萬日圓？

住持還是一樣連啐數聲。接著他開口道，是一把兩萬日圓。我為之瞠目，明明是充滿涼意的秋天，我卻全身冒汗。我向他坦言道，上次的書桌，還有上上次的衣櫃，我們都做虧本生意。但住持始終以哀傷的眼神望向遠方，對我說——以無我為目標的我，要拋卻我的過去。

我抱持絕不退讓的決心與他交涉，最後收購價格壓低為一把六千日圓，不過，我看到住持收下現金時露出獰笑，我便知道我輸了。

這簡直就是恐嚇嘛。

「華沙沙木看了，恐怕也會生氣……」

我抱著那三把吉他，拖著沉重的步伐走向倉庫。掛在入口處的看板，映照著天空暗淡的顏色，感覺景氣比平時還差。

『喜鵲二手雜貨店』

我從雜亂的庫存商品間縫隙穿過，往店內走去。畫框、富士通的文字處理機、『寺內貫太郎一家』DVD-BOX、義式咖啡機、騎馬型減肥機、《城市獵人》……

「嚇！」

我看到有顆頭倒掛在天花板上，嚇得叫出聲來。

「日暮先生，那該不會是吉他吧？」

菜美從二樓的事務所探出頭來，往我這邊窺望。

「別嚇人嘛，菜美……咦？是啊，是吉他沒錯。」

「我從以前就一直很想彈吉他呢。可以賣我嗎？只要修理一下，應該就能彈吧？」

「就是能彈我才收購的啊。」

「騙人。明明就是對方逼你收購。」

「才沒人逼我呢。我也是在做生意啊。」

菜美露出詭異的微笑，就此把頭縮回二樓。只傳來她的聲音。

「你要保證它能彈哦。」

「知道啦。妳要哪一把？」

「Sundowner⑬他們彈的那種。」

「電吉他是吧……」

Sundowner是菜美最近著迷的地下樂團，她還逼著我聽他們自行創作的音樂CD。由於是搖滾樂，我完全聽不懂。——我把三把吉他搬往倉庫裡的修理區，同時在腦中想像菜美身穿國中制服，彈著電吉他的模樣。不知道該說是覺得不搭調，還是覺得不像話。

「Closing your eyes……You say it's dark……」

「菜美，華沙沙木人呢？」

傳來哼歌的聲音。

「去銀行。All things you need……」

要是這時候有客人上門怎麼辦？不過，他應該是料想不會有客人來，才會外出吧。

「啊，日暮老弟，你回來啦。」

我坐向修理區的圓椅，正以抹布擦拭電吉他的塵埃時，華沙沙木丈助走進倉庫。

「剛回來……咦，下雨啦？」

華沙沙木身上那件史努比運動服的雙肩有點溼。

「是啊，外頭飄起了雨。」

⑬道尾秀介的小說《鼠男》中出現的樂團名稱。

華沙沙木抱著細長的雙臂，轉頭望向屋外。外頭正飄著細雨，對面人家的屋頂以及庭院樹木的綠葉，只看得到顏色較深的部分。我隔著華沙沙木的肩膀，望向屋外的雨，心裡盤算該怎麼替我花了一大筆錢買下住持的吉他這件事找理由。華沙沙木對做生意不太熱衷，但是對別人的工作表現卻很有意見。他知道黃豐寺住持找我去的事，所以一定很快就會詢問我生意談得怎樣。

——然而，華沙沙木卻始終沒回頭。一直默默凝睇眼前的秋雨。我感到納悶，悄悄湊向他身旁。

「我想起了當時那場雨。」

他像在喃喃自語般說道。

「當時……？」

哦，原來是那時候啊。

我也望向屋外的雨。沒錯，那天是我第一次替華沙沙木工作。同時也是我人生第一次犯罪的日子。事後調查得知，我要是被捕，以我所犯的罪，會被處以三年以下徒刑，十萬圓以下罰鍰，嚇出我一身冷汗。

（二）

一年前的秋天——我們這家『喜鵲二手雜貨店』已開業一年多。打從開業起，便赤字連連，每天都靠素麵和生蛋拌飯裹腹的我們，在倉庫入口處望著淅瀝細雨，聊起了維他命。

「聽說缺乏維他命Ａ，視力會減弱。視力對我們生意人來說，是最重要的，日暮老弟。因為我們得看清楚收購商品的價值。」

「什麼東西裡含有維他命Ａ啊？」

「像蒲燒鰻、動物的內臟、銀鱈魚，好像就含有豐富的維他命Ａ。」

「它們都很貴啊。」

華沙沙木頷首，嗯了一聲，抬頭凝視眼前的秋雨。

就在這時，店裡響起一通電話。我們打從一開始早就規定好，事務所裡的電話響起時，拿起話筒的人不是不善言詞的我，而是自認能言善道的華沙沙木，所以當時也是由他接洽。由於華沙沙木走上事務所後遲遲沒下來，我心想，這通電話講得可真久，開始在意起來，於是便前往查看是怎麼回事。

「……那麼，我們十五分鐘內前往拜訪。」

這時剛好華沙沙木掛上話筒。

「有工作上門嗎？」

「是筆大生意。」

他誇張的說道，轉身面向我。

「對方的家具、音響、擺飾，以及其他東西，整屋子的家具用品都要我們全部買下。好像每樣都不是便宜貨。聽說全都是一流大廠的高級品。」

華沙沙木開心的笑著，清瘦的肩膀為之晃動。大生意。在需要動用大筆資金這層意涵上，或許確實是如此。如果對方是希望買我們的商品，我當然也很高興，不過……

「是要我們去收購對吧？」

「我剛才不是說了嗎。」

「我們哪來的資金啊。高級家具、高級音響、高級擺飾。這需要一大筆錢吧？」

華沙沙木頓時露出暗叫不妙的表情，但旋即又變得一本正經，定睛注視著我。

「店裡的現金還有多少？」

「兩萬七千零三十日圓。」

「那就殺價到那個金額吧。」

華沙沙木很直接了當的說道。

「這不就是做生意嗎，日暮老弟。剛才對方打電話來時也說了，就算開價低也沒關係。我們就狠狠的殺價吧。」

「對方真的說開價低也沒關係？」

「是啊，是這麼說沒錯。」

華沙沙木自信滿滿的揚起下巴。看起來不像是騙人。他這個人很自以為是，而且說話總是愛誇大，但倒是不會說謊。

「現在沒時間說這些了。我說好十五分鐘內要趕去，還剩十四分鐘。」

不得已，我只好將估價委託書、收購帳本、裝有業務用現金的信封裝進手提包裡，做好準備。我詢問他那名客戶家住哪裡，他說好像是在離這裡開車不到十分鐘的高級住宅區裡。

「他是什麼人？」

「是一位姓南見的女士。」

語畢，華沙沙木那穿著運動服的雙臂盤在胸前，側頭略顯納悶。

「不過，我問她貴姓時，她卻沒馬上回答。原本要說另一個姓，但馬上又改口。說她姓南見，南方的南，見面的見。」

「講錯自己的姓氏？該不會是用假名吧？喂，這筆生意該不會有詐吧？難道是要我們收購贓品？」

「如果是要收購贓品，不會叫我們去自己家中吧？」

「可是……」

華沙沙木拿起書桌上的《*Murphy's Law*》，朝書的封面用力一拍。

「波多里奇的法則提到『如果事前就知道會捲入什麼風波中，我們將什麼也開始不了』。日暮老弟，人生最需要的，就是行動力。」

這個法則原本的意思應該是「人生處處都有失敗在等著」才對吧，不過，要是我對『墨非定律』提出反駁，華沙沙木一定會生氣，所以我選擇沉默。

就此捧著手提包和住宅地圖，坐進小貨車前座。

打電話來的女性告知的地址是座大宅。從來不曾有如此氣派的豪宅委託我們收購家具用品，所以我們下車後，一再確認地點是否正確。我們兩人共撐一把傘，一會兒看華沙沙木抄寫地址的那張紙條，一會兒看地圖，一會兒看紙條，一會兒看地圖。——其實只要確認門牌即可，但不知為何，門牌被人拆下。門柱上只留下一個長方形的凹洞。

「有點古怪哦。」

「什麼啊？」

「希望不會有不好的事發生才好……」

華沙沙木望著位於裝飾藝術大門前方的這棟豪宅，就像要把它看穿一般。華沙沙木這個男人從老早以前就這樣，只要一有破綻，就會被捲進事件中。他還說他出生後會說的第一句話，就是「這是個謎」，不過這應該是他胡謅的。

「總之，我們先和委託人見個面吧。」

他豎起食指按下對講機按鈕，旋即傳來一名年輕男子的應答聲。華沙沙木報上姓名後，對方吩咐我們來到玄關前，於是我們合撐一把傘穿過大門，通過一處爬滿藤蔓的拱門，走在歐式風格的石板地上。連四周瀰漫的溼土氣味都給人一種高級感。來到玄關後，幾乎同一時間，厚重的木門從內側打開，剛才說話的人前來迎接我們。

「辛苦兩位了。東西在二樓，請進。」

此人清瘦高挑，就像戴著眼鏡的豆芽菜。髮型像和田現子⓮。感覺就像倒擺的豆芽菜，只有豆子前端沾了點醬汁。和我們年紀相仿，還不到三十歲。

「夫人，二手雜貨店的人來了哦！」

也許他本人覺得自己已經很大聲喊了，但他卻只發出很微弱的聲音，同時引導我們走上階梯。途中他一度回頭自我介紹，說他是這戶人家的男傭，姓戶村。

來到二樓後，走廊一路往左手邊延伸而去，左右各兩扇門，正面一扇，合計共有五扇門。房

⓮和田アキ子，日本知名的女歌手、藝人、主持人。以一頭男性化的短髮為招牌。

門全部緊閉，但從外觀來想像，可能每間房都很寬敞。戶村敲了敲正面那扇房門，聽到細微的回應聲後，他才打開門。好像是一間書房。光亮的木板地。感覺就像在說「我們全是外國貨哦」的木製家具。附有唱片播放機的講究音響搭配大型喇叭。擺有馬口鐵模型的收藏架。房內中央站著一名女性。

房間角落發出喵的一聲叫聲。原來是一隻白貓。牠似乎是看到我和華沙沙木後嚇了一跳，活像是見鬼似的，鑽進沙發底下。只有尾巴略帶褐色，不知道是什麼品種的貓，不過，似乎是很高級的寵物貓，不是一般在路上隨便就能看到。

「小娜，用不著那麼害怕。他們是客人啊。」

房裡的女性語氣平靜的喚道，但沙發底下還是悄靜無聲。

「這位是夫人。」

戶村伸出他那瘦得像樹枝的手臂，比向女子。

「我是與你們聯絡的南見。之前在電話裡提到過，想請你們收購這房裡的所有東西。從大到小，一個不留。」

「我了解了。那我們即刻就進行估價。忘了先自我介紹，我姓華沙沙木，這位是……」

沙發底下衝出一團白色毛球，以驚人的速度斜斜穿越房內。噠噠噠的腳步聲從走廊上遠去，我轉頭看時，那褐色尾巴正消失在樓梯口。

「還是老樣子。」戶村苦笑道。「這隻貓可真膽小。」

夫人輕嘆一聲。她應該是坐三望四的年紀。氣質出眾，長相秀麗，高挺的鼻梁讓人聯想到印在外國硬幣上的女性側臉。不過，看到她在我遞出的估價委託書上寫下「南見里穗」的簽名後，覺得她的字實在不怎麼好看。雖然稱不上字跡凌亂，但是那渾圓的字跡，很像學生寫的字。看過之後，我覺得里穗給人的感覺，比剛才更平易近人了些許，說起來，人的想法還真是善變呢。

「那就有勞兩位了。我人就在樓下。戶村先生也可以下樓了。請準備晚餐，還有，餵那些孩子們吃飯。」

里穗微微行了一禮，就此緩緩步向走廊。戶村也跟著離開房間。

「該工作了。」

我們重新面向那些預定要收購的商品。

「從哪邊開始做起好呢，日暮老弟？」

「應該從大的先開始。對了，她有幾個孩子啊？」

「為什麼這樣問？」

「因為剛才她說『餵那些孩子們吃飯』。」

「有幾個孩子不重要吧。」

「為什麼『準備晚餐』和『餵那些孩子們吃飯』要分開進行呢？」

「我哪知道啊。」

我和華沙沙木在意的點不一樣。這種情況已不是第一次，我們彼此早已習慣，所以我們就此不再多談，開始著手估價。不過，估價終究只是個形式，很快便結束了。因為兩萬七千零三十日圓的收購價格，事前早已決定好，再來就只剩替開出這樣的金額隨便找個藉口。坦白說，打從我們走進這個房間起，我便知道要收購這房間裡的所有東西，開價兩萬七千零三十日圓實在太低了。不過我們現在只有這麼多錢，這也是無可奈何的事。

「那麼，日暮老弟，你去請夫人來吧。」

「太快的話，對方會懷疑吧？」

「說得有理。」

因為這個緣故，我們變得無事可做。華沙沙木一屁股坐向那散發光澤的原木書桌，我則是坐向與書桌成組的椅子上，我們兩人皆盤起雙臂。可能是屋內太過寬敞，沒半點聲音。外頭的雨也沒大到會傳來像滴水般的聲音。

「對了……日暮老弟，你覺得怎樣？」

閉著眼睛像在沉思的華沙沙木，如此低語道。

「為什麼夫人要把這些東西都賣掉呢？」

「這是顧客的個人隱私。」

「依我看，這間書房是一名成年男子在使用……或者該說是曾經使用過。夫人要把房內的東西全部賣掉。」

門外傳來敲門聲，我們急忙彈跳而起，站起身。當我們擺出正在忙碌的模樣時，門就此打開。戶村手中端著一個托盤，裡頭擺有兩個茶杯，站在門口。

「……你們為什麼停止動作呢？」

也難怪戶村為之蹙眉，因為我們兩人都像活人畫⓯一樣靜止不動。人在驚慌的時候，總會做出不必要的動作。

「這是我們的習慣。小時候一二三木頭人玩太多了。哈哈哈。」

好在戶村將華沙沙木所說的蠢藉口當作是玩笑話，輕笑幾聲走進房內。他的表情和動作，展現出和同年齡層的人相處時的放鬆感。

「請喝茶。兩位從小就認識是嗎？」

「是的。」

「不。」

我們同時做出不同的回答。為了配合剛才華沙沙木的說詞，我回答「是的」，而華沙沙木則

⓯ 演員或藝術家穿上適合的服裝擺姿勢，呈現出像圖畫般情景的一種藝術。

是忘了自己剛才說過的話，回答「不」。我們互望一眼，迅速改口。

「不。」

「是的。」

「哈哈哈，我小時候也有像你們這樣的朋友。對於彼此的交情，一方面想承認，一方面又不想承認。」

戶村應該不是刻意替我們解圍，他很巧妙的接了這句話，將托盤放在邊櫃上。

「茶我擺這邊。那就有勞你們了。」

「啊，請等一下。」

戶村正欲離去時，華沙沙木喚住了他。

「夫人是不是身體不太好？剛才我看她好像沒什麼精神呢。」

「會嗎？」

「會啊，感覺好像有什麼煩心事。」

華沙沙木如此說道，朝他投以刺探的眼神。他從剛才就一直很在意夫人賣這些家具用品的原因，似乎打算向戶村套話。

「煩心事……這我不清楚耶。不過，因為一早小圓心情不好，所以夫人有點在意……」

戶村這句話的後半段像在自言自語般，他側著頭尋思。

「你說的小圓，是貓嗎？」

「貓？不，才不是貓呢。小圓是……」

說到一半，他突然閉口不語，轉頭望向身後。

「啊，不妙。恕我告辭。」

他突然走出房外。他在走廊上走了兩三步後，又迅速返回，從外面把門關上。我對此深感納悶，豎耳細聽後，聽到「喵嗚、喵嗚」的貓咪撒嬌聲逐漸靠近。同時聽見戶村低語的聲音。還有另一個聲音，是女孩的聲音。

『是誰啊？』

『哦，因為有點事……』

我與華沙沙木面面相覷，這時，貓的叫聲又靠近了些許。

『啊，等一下。』

『為什麼要等？』

看來似乎是那隻貓繞著女孩腳下行走。貓叫聲與人的腳步聲一起逐漸靠近，門把隨之發出喀嚓的轉動聲。打開門的，是身穿灰色短裙搭白色長袖襯衫的私立小學制服，頂著一頭短髮的少女。背後揹著形狀類似背包，樣式不太常見的書包。剛才那隻小娜就在她腳下，但是一見到我們，牠就像見鬼似的，馬上一溜煙的從走廊上跑遠。似乎是隻膽小又憨傻的貓。

「你們在做什麼？」

少女突然如此問道。雖然她是抬頭仰視，但眼神卻像居高臨下俯視。

「嗯，我們嗎？我們在工作啊。」華沙沙木回答。

「工作？」

「我們是來對這裡的家具用品估價。兩萬七千零三十……不，這個……」

「估價？」

少女以犀利的眼神反問。

「事情是這樣的——」

背後的戶村想要插話，但少女毫不客氣的打斷他的話。

「我在問他們。戶村先生，請你到樓下去。」

「可是——」

「你快去吧。」

戶村垂落雙眉，從走廊上離去，一再回頭張望。他正準備走下樓梯時，突然就此停步，放心不下的望著我們。

「這到底是怎麼回事？」

少女來回望著我和華沙沙木。在這種無從預料的局面下，我方寸大亂，根本派不上用場。少女也許是已看出這點，視線旋即停在華沙沙木臉上。

「你說估價，意思就是要收購對吧？」

「嗯，就是這麼回事。」

「是我媽說的嗎？」

「妳是指剛才那位夫人嗎？沒錯，是她聯絡我們的。」

驀地，少女白皙的臉龐低垂。她維持這個姿勢沉默良久，接著她就像誤食了某個最討厭吃的東西，要把它嘔出似的，如此低語道：

「……太惡劣了。」

她垂落的長睫毛，正微微顫抖。

我和華沙沙木以困惑的眼神互望了一眼後，華沙沙木輕咳一聲，開口詢問：

「對了，妳是……？」

「我是屋主的女兒。」

「啊，難道妳就是小圓？」

「才不是呢。……我倒是很想變成小圓。」

這話是什麼意思？

「妳不是小圓的話，那……」

「……我叫菜美。」

少女視線望向地面，聲若細蚊的應道。有一半被瀏海遮掩的臉蛋，就像能劇面具般，面無表情。我總覺得以前好像見過這張臉。是什麼時候，在什麼地方呢？

「妳叫菜美是吧？」

華沙沙木點了點頭，突然雙唇緊抿，打量著少女的臉，露出覺得很不可思議的表情，重新又問了一遍。

「妳叫菜美？」

「是的。」

「換言之，妳的全名是南見菜美？」

「沒錯。想笑就儘管笑吧。」

現在回想起來，我們的反應確實是慢了點。拋售男性用的家具用品。在電話中原本講出另一個姓氏，卻又旋即改口的那位夫人。被拆下的門牌。一直到這個時候，我才想到這一切和「別離」的關聯。究竟是死別，還是離婚呢？不管怎樣，這名少女會叫作南見菜美，也許是因為「別離」的緣故。

「喂，華沙沙木……」

「太好了！」

華沙沙木雙手用力一拍。聲音之響亮，猶如火藥爆炸般。我為之一驚，把來到嘴邊的話嚥了回去，少女同樣身子往後縮，緊盯著華沙沙木。

「真是太有才了！這名字是誰取的？是妳父親，還是妳母親？」

華沙沙木顯得興味盎然，弓著身子，幾乎整個人都快壓在對方身上了，臉不斷朝菜美湊近。

「……你有問題啊。」

菜美猛然轉身，從走廊上離去。在她轉身離去前，我看到她的表情雖略顯慍容，但感覺比面無表情還來得好。

說出我對他們這個家庭的猜測後，華沙沙木雙目圓睜，全身僵直。

（三）

「這麼說來……剛才我不就嚴重失言？」

「不，應該沒那麼慘吧。我也不是很清楚。」

「她父親過世了嗎？還是離家出走？」

「你問我，我哪知道啊。」

「南見是她母親的舊姓吧？可是，為什麼父母離異，女兒要跟著改姓呢？對了，應該是母親恢復舊姓後，要是母女不同姓，感覺很奇怪，所以連女兒的姓也一併更改吧？」

「我不是說了嗎，我不知道。」

貓叫聲逐漸朝門外靠近。喵嗚～喵嗚～喵嗚～……同時有個腳步聲靠近。我們再次迅速擺出工作中的樣子，但我們旋即心想，現在這個時間就算估價結束，也不會顯得不自然，於是我們迅速切換成工作結束的模樣。開門的人是里穗。圍在她腳下打轉的小娜，一見到我們，就像遇到猛獸般，從走廊上落荒而逃。牠也許真是隻笨貓呢。

「啊，夫人，您來得正好。我們剛估價結束。」

「辛苦兩位了。請問大約是多少錢呢？」

她抬起下巴，反客為主，以打量對方的眼神望著華沙沙木。

「這個嘛，全部一共是……」

華沙沙木從牛仔褲口袋裡取出骯髒的記事本和原子筆，噘著嘴，就像在做什麼艱深的計算般，在紙上寫了一大串字，接著他慢條斯理的摩挲著下巴，點了個頭，抬起臉來。

「兩萬七千零三十日圓。」

里穗定睛朝華沙沙木的雙眼注視了半晌。接著嘴角上揚，以和她秀麗的容貌很不相襯的嫌棄表情微微一笑。

「可以。」

就在那時，我確認她的丈夫不是「死別」，而是「離別」。

而且肯定不是好聚好散。里穗當初委託我們收購這些家具用品時，似乎故意說了一句「就算開價低也沒關係」，那一定是她的真心話。不，倒不如說，她就是希望我們廉價收購。離家出走的丈夫所留下的家具用品，雖然她想早點處理掉，但委託垃圾回收業者，還得支付回收費用，令她頗為不滿，於是她選擇二手雜貨店。再者，要是二手雜貨店開高價買下，同樣令她不滿，所以她事前才會說了一句「就算開價低也沒關係」。應該就是這麼回事吧。

「咦，真的可以嗎？」

華沙沙木一臉認真的問了這句沒必要問的話。里穗那白皙的前額皺起難解的皺紋。我急忙隨口找了個理由。

「不，剛才感覺令嬡好像有點反對。」

「這件事和孩子無關。」她冷冷道。「請馬上搬走吧。」

搬運可不是件簡單事。由於每樣家具用的都是高級木材，入手沉甸甸，而從玄關到這扇房門又是很長的一段路，而且理所當然的，這段路途有屋頂可以遮雨。我們氣喘吁吁的將家具扛出房外，鼓足了力氣走下樓梯，然後披上野餐墊，上氣不接下氣的搬到小貨車上。

可能是因為淋雨的緣故，我突然感到一陣尿意。

「抱歉，我去借個廁所。」

「你該不會是想偷懶吧？」

「如果是想偷懶，我會早點把這件事做完。因為我也想早點回店裡啊。」

「是嗎，抱歉。真不知道我是哪根筋不對。」

「沒關係。」

我走進客廳，想向屋內的人告知一聲，這時人在廚房的戶村轉頭面向我。他瘦長的身軀圍著一條淡藍色的可愛圍裙。似乎正在中島型廚房裡做菜。

「請問廁所可以借用——」

「請，玄關右側的門推開就是了。」

「謝謝。」

我雖然如此回答，卻站在客廳入口處，無法動彈。

魚缸。魚缸。魚缸。魚缸。寬敞的客廳裡，有三個寬兩公尺的巨大魚缸、三個像微波爐大小的魚缸、四個像烤麵包機大小的魚缸，合計共有十個魚缸。色彩鮮豔的魚、顏色平淡的魚、扁平的魚、細長的魚，各式各樣的魚悠游其中。

「很驚人吧？」

戶村瘦長的臉展露笑顏，朝我走近。

「這是夫人的嗜好。」

「真不簡單，這是熱帶魚嗎？」

「當然有熱帶魚，不過也有很多不是。有海水魚也有淡水魚，五花八門的魚都有。」

「那條魚很像鯰魚呢。」

「哪條？哦，那是小圓。」

原來小圓就是牠啊。

「沒錯，牠是產於南美的鯰魚，名叫紅尾貓。這名字很像貓對吧。牠從今天一早就心情不太好，所以夫人很擔心。」

小圓大得驚人。全長應該是還不到一公尺，不過好歹也有七十公分。黑背、白腹、紅尾，看起來很凶悍。長著帥氣的鬍鬚，模樣像極了鯰魚。在大魚缸裡游來游去，一副不太高興的樣子。不，小圓平時是怎麼個游法，我不清楚，但可能是因為戶村剛才那番話，讓我有這種感覺。魚缸底端只有一根看起來價格不菲的漂流木橫擺著，所以就算容納了體型碩大的小圓，還是顯得很寬敞。魚缸裡沉著幾顆像香腸般黝黑而且軟綿綿的東西，好像是糞便。不用說也知道，連糞便都很巨大。

「這裡的魚數量真多……夫人從以前就有這樣的嗜好嗎？」

「不，是最近才有的嗜好。自從只剩她和菜美兩人後。起初是從孔雀魚和日光燈魚這類的魚開始養，後來逐漸玩出興趣，變成像現在這樣。每隻魚夫人都疼愛有加，要是牠們顯得有點不對勁，她就擔心得不得了。像小圓也是，每隻魚夫人都給牠們取名字。」

戶村指著魚缸，接連說出幾隻魚的名字，例如那隻叫小××，這隻叫小△△，不過，就算記住這些魚的名字也沒用，所以我左耳進右耳出。

不過，我一直在想菜美的事。

——我倒是很想變成小圓。

當時她那面無表情的臉。我似乎也曾在哪裡看過同樣的臉。是什麼時候，在什麼地方呢？此時我終於想起來了。那是我母親過世的時候。我強忍淚水，按捺著心中的激動，靜靜觀看葬禮舉行，撿拾母親略帶粉紅的遺骨，接著我肚子痛，到火葬場的洗手間如廁時，發現我映照在牆上鏡子的臉，就像菜美一樣。

當然了，我不清楚他們家裡的情況。不過我知道，她在極力壓抑心中的情感。

「啊，菜美，我替妳做了果凍當點心哦。」

菜美因戶村的叫喚而抬頭，穿著一身制服，正要從客廳走過。

「裡頭加了菜美喜歡的蘋果……妳去哪兒？」

菜美頭也不回的走出客廳。傳來重重關上玄關門的聲響。

「不好意思……問個很冒昧的問題，我們真的可以把那些家具用品帶走嗎？」

雖然知道對客人的隱私不便多作置喙，但我還是忍不住想問個清楚。這個家少了父親，菜美明顯對此感到哀傷。

隔了數秒後，戶村才開口回答。

「這也是沒辦法的事。夫人是這麼說的。」

他臉上帶著微笑，但望著地面的雙眼，卻帶有一絲無奈。天花板的日光燈照向眼鏡造成折射，旋即看不清他的雙眼。

「誰叫我只是個傭人呢。」

這時，華沙沙木故意從走廊傳來一陣喘息聲，於是我朝戶村行了一禮，走出客廳。我向在外頭等候的華沙沙木說「我接下來才正要去廁所」，他聞言後嘴巴張得老大，像在看一位陌生人似的直盯著我看。

上完廁所，我再次和華沙沙木一起搬運，但想到菜美，我頓時覺得自己就像小偷似的。不過，生意當然也很重要。開業至今已一年多，始終都是赤字。能以兩萬七千零三十日圓收購如此高級的家具用品，應該很值得高興才對。如果全部都能賣出，便能大賺一筆。生意、生意、生意。錢、錢、錢。我在腦中不斷重複這幾個字，試圖不去想其他沒必要的事。

「搬家嗎？」

一位大叔從對面人家的門柱後方探頭，很感興趣的望著我們，向我們問道。這一帶只有他們家的屋子顯得很老舊。

「不，我們是來收購家具用品。」

「哦，是男主人的嗎？」

「也許是吧。詳情我們也不清楚。」

我含糊帶過，那位穿著骯髒毛衣的大叔盤起雙臂，以拇指摩挲著自己雙下巴上的鬍碴說道：

「這間房子的男主人，好像什麼也沒拿，就這麼離家出走。不過，他應該在某個地方藏有不少錢吧。」

「哦……」

我點了點頭，正要往南見家的大門走去時，突然轉頭問道：

「這戶人家的男主人是個什麼樣的人啊？」

「是一位社長。」

語畢，那名長著雙下巴的大叔皺起鼻頭，模樣就像在嗅什麼臭不可聞的東西般。

「不過，他不是什麼好東西。話說回來，滿腦子只想到錢的傢伙，沒一個正經的。儘管比錢還要重要的東西多的是。錢、錢、錢，開口閉口都是錢。如果是這樣的話，人早晚會瘋掉的。」

這番話一字一句刺進我被雨淋溼的胸膛。

（四）

最後，我們忙到晚上才結束搬運的工作。

外頭仍下著細雨。我的衣服和長褲皆因汗水和雨滴而溼透，全身冷得幾乎無法動彈。裝好貨物，以繩索固定住小貨車的車篷後，我和華沙沙木走進玄關，想向夫人報告我們已經完成這項作業。

「辛苦了。我這就去叫夫人來。」

戶村穿越客廳，消失在屋內深處。

「日暮老弟，這裡有好多魚啊。」

華沙沙木的眼中閃著銳利的精光，就像鎖定獵物的猛禽般。我發現他的肚子從剛才起就一直咕嚕嚕的響個不停。

「你這種眼神，會挨夫人罵的。因為她很疼愛這些魚，甚至替牠們每一隻都取名字。附帶一提，那隻鯰魚就是小圓。」

「小圓長得很像鰻魚呢。」

「你現在腦中想的該不會是維他命A吧？」

華沙沙木發出古怪的笑聲。

事實上，我們兩人從早上到現在，只吃了生蛋拌飯。我理應也已餓得前胸貼後背。但我卻一點都不覺得餓。原因我只想得到一個，但我不願那麼想。我要盡可能以高價將收購來的家具用品賣出，大賺一筆，然後痛快吃一頓鰻魚飯。這樣也好，畢竟是做生意。接下來只要將那裝有兩萬七千零三十日圓的信封交給里穗，這次的工作就算結束了。我們也是為了自己的生活著想，沒有什麼不對。

這時，戶村再次神色慌張的出現。

「不好意思……請問一下。」

他來到我們面前後，一時露出躊躇之色，但旋即拿定主意，如此說道：

「你們有沒有看到菜美？」

「她不見了嗎？」

「當時她離開玄關，之後就沒回來了。她的門限時間是六點，現在都已經七點了。都到了晚餐時間，卻還沒回家。」

「戶村先生。」里穗走進客廳。「這種沒必要的事不必多說。她待會兒就會回來。」

「啊，是……」

「華沙沙木，我開車去附近看看。」

不用麻煩，戶村以手勢如此表示，朝我露出苦笑。他以眼神請求我們別再多言。

「辛苦兩位了。請把錢交給戶村吧。」

里穗走向餐廳，坐向餐桌前。她已不想多看我們一眼。我們將裝有現金的信封交給戶村後，就此離開南見家。

「那孩子走的時候，什麼也沒帶。」

「既然是這樣，那應該走不遠。」

我們駕著小貨車到附近的公園和便利商店逛了一圈，但到處都沒看到菜美的蹤影。我很替她擔心，而華沙沙木似乎也很在意，但仔細一想，現在天色還不算太暗。於是我們隨之返回店裡，在昏暗的停車場裡停好小貨車後，繞到車後，仰望蓋著車篷的貨架。

「可以明天再卸貨嗎？」

「今天已經夠累了。日暮老弟，晚餐就麻煩你了。」

「那就煎個荷包蛋吧。要是菜色和早餐一樣，會營養失衡。」

「好痛……」傳來一個聲音。

我和華沙沙木伸長脖子，面面相覷，緊接著下個瞬間，同時望向貨架。

「該不會……」

「怎麼辦？」

「打開來看看吧？」

「那還用說。」

我們迅速解開繩索，分別從左右兩邊拉開車篷布，昏暗的貨架裡有東西在蠢動。好像還打了個大哈欠。

「背超痛的……」

原來躲在這裡。

「華沙沙木，我們這樣該不會成了綁架犯吧？」

「如果不趕快聯絡對方，那就很有可能。」

「那就打電話聯絡吧。」

我急忙取出手機，按下南見家的電話號碼。

（五）

「我不想待在家裡。其實也沒離家出走那麼誇張，我只是不想看到爸爸過去使用的東西就這樣被搬走。不過，當時下著雨，我身上也沒錢去咖啡廳，在便利商店一直站著看書也很累人，所以我跑到貨架裡。」

「可是，妳不是不想看妳父親的家具用品被搬走嗎？」

「如果是待在貨架裡，不就變成搬進來了嗎？」

「哦……原來如此。」

我恍然大悟。

「這麼說來，妳是不小心睡著嘍？」

菜美頷首，目光移向窗外。她坐在前座，而坐在駕駛座開車的，是華沙沙木。我則是夾在他們兩人中間，在無法坐人的狹窄空間裡，半蹲著聽她說。你問我為何要半蹲，那是因為我屁股下方有手剎車和排檔桿。

我們通知里穗，說我們已找到菜美，正要送她回家。她問我們是在哪裡找到的，正當我準備回答時，菜美迅速伸手按住手機通話口，說了一句「待會再說、待會再說」。

——我待會再向您說明。

我對里穗如此說道，帶菜美坐上小貨車。

一路上，菜美望著窗外幽暗的景致，告訴我們家裡的情況。她小六那年春天，父母離異，父親幸造離家出走。

「兩個月前的半夜，我聽我爸提到離婚的原因，但我不是很懂。我爸說，待在家裡，他覺得好累。我不懂他的意思。因為爸爸在的時候，家裡一點都不會讓人覺得累。星期天時，我們會三人一起去逛街購物或是看電影。我爸媽雖然感覺不是常膩在一起，但他們感情不錯。不過現在這個家讓人覺得好累。因為自從他們分開後，我媽突然有了很大的改變。」

「怎樣改變？」

「她不再是原來的媽媽。而是變成一位教育至上的媽媽。」

菜美的聲音失去原有的溫暖。

「因為我是個笨蛋，所以他才會討厭我，離家出走，因為瞧不起我才離開我。我媽曾不止一次這樣對我說。聽得我都快煩死了。」

菜美說，她父親是一流國立大學的畢業生，相對的，母親則是所謂「沒學識的人」。

「以前不管我做什麼，媽媽都會原諒我，就算作業沒寫也不會罵我，還會和我一起看電視、看同一本漫畫一起發笑。但自從爸爸離家後，這一切全都不允許。一律禁止。要是我沒寫作業被發現，她就會露出像狐狸般的臉，狠狠的罵我。」

她嘆了口氣，接著說道：

「她只疼愛小娜和那些魚，大概我在她眼中，就像寵物一樣吧。她一定是當自己在調教。為了讓我變成她理想的寵物。」

「妳這麼想不好吧……」

「要是考試考不好，她就會罰我不准吃晚餐。很難相信對吧？又不是大雄家。」

「罰不准吃晚餐，這樣不好。」

原本一直沉默不語的華沙沙木如此說道，肚子發出咕嚕嚕的叫聲。

「我是說真的，而且我還正值發育期呢。戶村先生還比我媽更關心我。他替我準備的三餐，都會考慮到營養均衡。」

「營養……」華沙沙木又冒出這麼一句。

「電視上不是常看到別人離婚嗎。不過，我原本一直以為，我爸媽不會像他們一樣。」

「因為他們感情還不錯，是嗎？」

「這也是原因之一，不過，主要是因為我爸媽曾一起同甘共苦過。當初結婚時，我爸爸還只是個普通上班族。後來和公司的社長吵架，就此辭職，自己開公司。一開始生意很不順利，他和我媽過著很清苦的生活。而且我就在那時候出生……」

意思是日子過得更苦是吧。

聽說幸造的公司營運開始進入軌道，是菜美上小學後的事。

「後來工作愈來愈忙碌，收入也愈來愈多，買車又買房……一直到去年，我爸媽還很懷念的聊起當時的甘苦呢。所以我一直以為，電視上看到的離婚絕不會發生在我們家。到現在我還是沒辦法相信，我爸竟然會拋下我和我媽，自己離家出走。難道賺了錢之後，就會變了個人嗎？錢真有這麼大的影響力？不就是為了買東西、得到想要的東西，才有錢的存在嗎？」

菜美第一次轉頭面向我。我不敢用我怯懦的雙眼回望她。從沒賺過什麼大錢的我，很難理解她父親的心情。——不，那只是我逃避的藉口。應該不是金額的問題吧。像我今天，明知菜美心中的哀傷，卻還是從她家中搬出她父親所有的家具用品。雖然這只是為了生活，但是就追求新生活這個意涵來說，或許與菜美的父親沒什麼兩樣。我一面搬那些家具用品，一面感到苦惱，但苦惱又能怎樣。菜美的父親一定也很苦惱。

不過，我心底有一件事遲遲無法理解。那就是拋棄家庭的人心中的想法。我從以前就對家庭抱持憧憬。不管家庭的氣氛熱鬧、平靜、溫馨，還是冰冷，都無所謂。我一直期待日後有一天能在家庭裡生活。菜美的父親為何要自己拋棄呢？難道家庭就像金錢一樣嗎？真的得到後，反而會感到不滿足嗎？

我為之無言，菜美再次移開目光。從她映照在側面車窗上的臉龐，可以看到她緩緩眨了一下眼睛。

「男人和女人不管過去再怎麼攜手合作、一起同甘共苦，可能還是很輕易就會忘了吧。電影裡不是有人一起冒險後，走上紅毯的一端，就此得到圓滿的結局嗎？要是電影一直演下去的話，恐怕就不會是歡樂的結局了。上了年紀後，雙方會很乾脆的分道揚鑣。」

「這種事很難說……」

我回答得很模糊，連我自己都覺得可悲。

不久，我持續保持蹲姿的大腿肌肉已快要達到極限，就在這時，小貨車正好已來到南見家的大門前。華沙沙木把車停在圍牆邊。但菜美卻遲遲不走出前座。

「可以再開車兜一下嗎？只要五分鐘就好。」她沒看我，小小聲說道。

「可以啊。」

理應已快要餓昏的華沙沙木，很乾脆的一口答應，驅車前進。他眼神茫然的望著擋風玻璃前方。我也做好大腿肌肉再繼續抖上五分鐘的心理準備。我想為菜美做點什麼，但我能做的也只有這樣了。華沙沙木駕著小貨車四處閒晃的這段時間，菜美一句話也沒說。狹窄的車內明明坐著三個人，卻只有單調的雨刷聲。

小貨車再次停在南見家門前，菜美說了一句「謝謝」，隨之走出前座。

「我會跟我媽說明，你們送我到這裡就行了。」

「那就恭敬不如從命了。日暮老弟，回程可以換你開車嗎？我開始覺得意識模糊了。」

「真可怕。」

互換座位後，我們重新隔著車窗望向菜美。

「那就晚安嘍。」

「晚安。」

「華沙沙木，我可不是在對你說哦。」

「我也不是啊。」

菜美呵呵輕笑，轉身背對我們。這時，華沙沙木似乎體力已達到極限，隨之癱倒在前座上。

菜美伸手搭向被雨淋溼的大門時，突然回身而望。

「我說……」

「嗯？」

「不是你，我是對那位高個子的人說。」

「哦……喂，華沙沙木。」

「嗯？」

「你真的不覺得我的名字很怪？」

「不會啊。」

華沙沙木如此回答後，菜美噘起嘴哼了一聲，朝他的臉凝望半晌。天空下著細雨，在門燈的黃光下，可以望見雨滴在她的瀏海上微微跳動。

「我爸爸離開時，我媽將我改成她的姓，我隱約可以明白她的心情。」

菜美的聲音很小聲，幾欲融入夜雨中，完全聽不見。

「所以我一直在忍耐。反正女生日後結婚，就會再改姓。……你姓華沙沙木是嗎？」

「沒錯，華沙沙木。」

「謝謝你。」

當她走入玄關通道，按下門鈴時，開門的人是戶村。沒看到她母親里穗，菜美消失於門內的背影，是那天當中顯得最小的一次。門都關上了，你看再久也沒用——在華沙沙木出言提醒我之前，我一直望著她背影消失的大門，無法移開目光。

在我們返抵店內前的這段時間，雨已停歇。

（六）

「日暮老弟，昨晚那場地震有多大啊？」
「不知道耶，震度應該有四或五級吧？」
「不到五級吧。」
隔天星期六早上，為了從小貨車上卸下我們從南見家收購來的家具用品，我們前往停車場。
「該不會是小圓造成的吧？[16]」
「怎麼可能嘛。日暮老弟，你很迷信哦。」
昨晚深夜發生一場地震。睡在閣樓裡的我們，各自從床上坐起身，等候搖晃平息。地震未持續太久，約十秒便已平息，我們再次蓋上棉被，但在睡著之前，隱約聽到遠方有救護車的警笛聲。
「——你們是那家店的人嗎？」
有人沉聲喚住我們。回頭一看，這名手指著店內倉庫，朝我們臉上打量的，是個長相凶惡的男子。他的眼神令我聯想到「嫌犯」或「警察」等名詞，於是我略微起了戒心。

[16] 日本傳說地震是大鯰魚所造成。

「我是警察。」

我有一半猜中了。

「我想針對南見家請教你們一些事。」

「他們家怎麼了嗎？」

華沙沙木眼睛為之一亮。

「沒什麼，昨晚發生了點事，現在我們正在打聽消息。」

雖然面相凶惡，但說起話來倒是多所保留，這名警察自稱姓田代。

我們何時到南見家拜訪，何時離開，之後去了哪裡，和誰在一起。田代問了這些事，我們都如實以告。該問的都問完後，田代形式上的鞠了一躬，說聲「謝了」，隨之從巷弄離開。

「看來是發生什麼事了……」

華沙沙木說了一句不用想也知道的事，凝睇著警察的背影。

當然了，我們馬上坐上小貨車前往南見家。

昨晚家中好像遭小偷。

一早醒來，里穗發現有人入侵的痕跡，於是急忙報警。里穗為了確認損失，與趕到的警察，以及那名姓田代的刑警，一同在家中四處查看。南見家有許多里穗個人持有的珍貴飾品，以及裝有十幾萬現金和信用卡的錢包，但所幸這些全存放在她寢室裡，平安無事。她放在客廳抽屜裡的存摺和現金卡沒遺失。擺在房裡的高級壺具以及餐廳的古董陶器也都完好無缺。說到她真正遺失的東西……

「是小娜。」

菜美神情激動的向我們說道。

「小娜不見了。不過，就只有牠不見了。其他什麼也沒被偷。對了，擺在廚房的空紙箱也不見了。小偷應該是將小娜放進箱子裡帶走了。」

我們站在南見家大門前。我們因擔心而前來查看，但是要按門鈴時卻猶豫再三，正當我們站在圍牆外頻頻往屋內窺望時，剛好被菜美發現。到最後，只在報案單上登記家貓一隻遭竊，警方便就此離去。目前可能正在某處找尋小娜的下落吧。

「還真是離奇呢。小偷潛入家中，卻只偷走一隻貓。」

華沙沙木前額擠出一道縱向的皺紋，緩緩點著頭。

「確實很令人費解。對了，南見，小偷是從哪裡潛入屋內？」

「從我房間的窗戶。」

我們發出一聲驚呼，重新望向她的臉，菜美以眼神指向二樓朝南的那扇窗戶。外頭還設有小巧可愛的陽台。

「排雨管和陽台扶手上，都留有鞋子的泥印和手套的手印，簡言之，就是有人潛入所留下的痕跡。我媽發現後，便立刻報警。」

「真是可怕。那麼，小偷是趁妳睡覺時，從妳身旁走過嘍。可是，明明有那麼多扇窗戶。」為什麼小偷刻意從有人的臥室入侵呢？

「是因為家裡只有這扇窗沒鎖吧。其他窗戶或玄關大門，我媽在就寢前都會上鎖。」

菜美解釋自己房間窗戶之所以沒鎖，應該是因為昨晚她一直望著窗外的風景，睡覺前她記得把窗戶關上，但是忘了上鎖。

「妳半夜開窗戶做什麼？」

「因為雨停了，我在觀察星星。我很喜歡星星。入夜後，我總是從房間窗戶望著天空發呆，找尋星座。」

她似乎有浪漫的一面，令人意外。

「這麼說來，小偷是從菜美位於二樓的房間窗戶潛入，然後又從那裡離開嘍？不過，要抱著裝有小娜的紙箱爬下排雨管，這……」

「又不見得是從同一扇窗戶離開。日暮先生，對方這樣就當不了小偷了。他離開時，好像是從玄關大門。因為我媽理應會上鎖的玄關大門，早上發現它沒上鎖。」

「原來如此。這麼說來，小偷是從南見的房間窗戶潛入，抓住小娜，將牠塞進廚房的空紙箱裡，就此帶走是吧？」

「可能是吧。」

華沙沙木嘴角垂落，發出一聲沉吟，默默沉思了半晌，不久，露出彷彿看穿什麼似的眼神。

「……我聞到了。」

「聞到什麼？」

「這也許是恐怖犯罪的——」

菜美打斷他的話，左手立在臉部前方，說了一聲「抱歉」。

「你說的是貼布的臭味吧？」

「貼布？」

鼻子湊近一聞，果然從菜美身上聞到膏藥刺鼻的氣味。她說自己貼了三片貼布，隔著黃色的連帽運動服輕撫著右肩。

「昨晚不是發生一場大地震嗎？當時掛在牆上的時鐘砸向我肩膀。我還以為自己會死呢。」

「哦，所以妳才請人幫妳貼貼布啊。」

「是我自己貼的哦。因為我媽只擔心她的魚。擔心魚缸有沒有破裂，有沒有魚受驚跳出魚缸外。不過，她向來都是這樣，我早已習慣了。我貼好貼布，比較不覺得痛了，好不容易回到床上睡覺，結果一早便發生這場小偷風波，真受不了。我右手現在完全動不了。」

「完全動不了？」

「是啊，又紅又腫，要是勉強動的話，感覺整隻手都快斷了。……啊，戶村先生，早啊。」

發現站在圍牆邊的戶村，菜美向他打招呼。他是什麼時候站在那裡的？長得像豆芽菜的戶村，面帶微笑的走近，一見到我們，就像有話要問似的，眉毛往上挑。

「剛才我們恰巧從門前經過，聽她提到小偷的事。」

華沙沙木隨口說明道。

「戶村先生，您來工作啊？」

「是啊，正要開始工作。因為我並不住這裡。——咦，菜美，剛才提到小偷？」

「這個啊……」

菜美把對我們說過的話，又對戶村說了一遍。

「真可怕。夫人一定也感到很不安吧？」

「不知道。你自己去問她。」

面對菜美冷淡的反應，戶村雙眉垂落，露出不知如何是好的表情。他瞄了手錶一眼說道「那我先進去了」，隨之走進門內。

「我們到前面去談吧。從家裡看得到這裡。要是我媽叫我要留在房裡念書，那可就麻煩了。」

我們沿著圍牆走了一小段路，來到花期即將結束的桂花底下。三人倚在圍牆邊，盤起雙臂，思索小偷的事。氣象報告說今天整天都是多雲的天氣，腳下的水灘反射著被雲層過濾過的微弱陽光。

「小偷……」

「從排雨管……」

「小娜……」

我們各自說著不同的話語，這時里穗的聲音緩緩從背後靠近。她似乎和戶村一起來到庭院，正針對庭院的樹木，向戶村下達指示。我轉頭望，但他們兩人被桂花樹擋住，看不到他們的身影。不久，他們的話題轉向小偷，我們就算不想聽，還是被迫在現場聆聽他們的談話。

「剛才我問過菜美，聽說是從她房間潛入的。不過還好平安無事。要是菜美不小心醒來，小偷對她使用暴力，那可就糟了。」

戶村就像在等候里穗回答般，停頓了一會兒，但她始終無言，於是戶村接著道：

「菜美平安無事，也沒有錢財遭竊，真是不幸中的大幸啊。」

「你的意思是，小娜比不上錢財來得重要是嗎？」

「咦？不，我沒那個意思。」

里穗原本就給人神經質的印象，而今天似乎顯得更加神經過敏。

「小偷的事，就交給警方去辦吧……對了，昨天的地震……」

戶村雙手用力一拍。應該是見里穗情緒激動，所以才轉移話題吧。

「搖晃得很激烈呢。聽說時鐘掉落砸向菜美的肩膀是吧？」

「還叫來救護車呢。」

真有那麼嚴重嗎？我不禁望向菜美的側臉。她視線望向地面，一直緊抿雙唇。不過，感覺此時里穗摻雜著一絲冷笑般的口吻。

「不過，似乎是騙不過救護員的眼睛。」

「咦……您說騙是什麼意思？」

「她說時鐘掉下砸到她，是騙人的。那孩子故意說謊，想讓我操心。我知道她在玩什麼把戲，所以沒叫救護車，雖然她一直要我叫救護車。最後她還是自己打電話叫了。」

「原來是騙人的啊。」

「是啊。救護員檢查她的肩膀，問了她一些問題後，她就逐漸露餡了。最後連被時鐘砸傷的部位也從右肩改成了左肩，我的臉都被她丟光了。我向救護員鞠躬道歉，把他們請了回去。」

我悄悄窺望菜美的側臉。她一直面向前方，不停的搖著頭，就像在說「不是這樣的」。

「我不知道她是不是想證明自己沒說謊，今天一早，她身上散發出濃濃的貼布藥味。你沒發現嗎？我哪有空陪她這樣玩啊。戶村先生你也是，不要替她瞎操心。這樣她會得寸進尺。」

「可是……」

「坦白說，昨晚那個小偷，我懷疑就是菜美。之前她假裝受傷不管用，所以改說是小偷從她房間闖入，想要我替她操心。」

華沙沙木轉身想說些什麼，但菜美迅速一把抓住他的手臂。

「夫人，再怎樣您也不能這麼說啊……況且，警方不是已展開仔細的調查了嗎？而且剛才我聽菜美說，有小偷從外頭潛入的痕跡。」

「也許是那孩子做的。」

「菜美怎麼可能順著排雨管爬上二樓。」

戶村夾帶著僵硬的笑聲，提出反駁。

「也許吧。不過，如果是順著排雨管滑到庭院，她一定辦得到。例如事先備好沾滿泥巴的鞋子，穿著它從房間窗戶順著排雨管而下，再從玄關進屋，這很簡單吧？就連小娜不見的事也一樣，我猜可能是菜美把牠丟到某個地方去了。因為那孩子一直認為我只疼愛小娜和那些魚，對她卻是不聞不問。她對小娜充滿憎恨。沒錯，我現在才想到，那孩子之所以會扯謊說她在地震時右肩受傷，或許也是為了不讓自己被人懷疑是小偷所採取的策略。只要說她右手痛得無法動彈，大家就會認為她無法在陽台或排雨管上動手腳，不是嗎？」

「……您真這麼想？」

里穗沉默了片刻，但最後還是沒回答戶村的提問，改提別的事。

「昨晚她回家時說謊，你發現了嗎？」

「她回家時……」

「她不是說她獨自一人站在大樓屋頂時，被那兩人發現嗎？」

「嗯，她是這麼說沒錯。」

菜美真的這麼說？

「那一定是騙人的。為了讓我產生奇怪的聯想，要我替她擔心。我問她『是哪一棟大樓』時，她根本就答不出來。」

「嗯……然後她就沒再說話了。」

兩人沉默了約十秒之久。

「夫人，我們也該回去了。地面都溼了。」

當兩人的對話聲逐漸遠去，再也聽不到時，菜美發出沙啞的聲音。

「我才不會做那種事呢……竟然說是我假裝成小偷闖入……還說我把小娜丟到某個地方去。」

她就像痙攣般頻頻吸氣，一直低垂著頭。

「我很喜歡小娜。從我小二起，牠就一直陪伴著我，連後來爸爸離家出走，媽媽對我態度冷淡，牠也還是都陪在我身邊。」

為了不讓我們看到她滿溢而出的淚水，菜美就像在打臉般，雙手掩面。她發出聲音含糊的間歇性哭聲，我們就只能在一旁低頭望著她。這時候華沙沙木應該也已發現。她抬起自稱無法動彈的右手，覆在臉上。但我們什麼也沒說。是不知該說什麼才好。當然了，這並不表示我們相信里穗對戶村說的話。不過，我們望著輕聲哭泣的菜美，無從猜測出她的哀傷有多深，不知如何是好。

菜美旋即發現自己右臂的事。她猛然驚覺，從臉上移開雙手，緩緩抬眼望向我們。那水汪汪的雙眼，泛起如同死心般的微笑。

「現在我說什麼也沒用對吧……因為我是個騙子。」

接著，她變得面無表情。那張臉……就是以前我映照在火葬場洗手間鏡子上的臉。我說不出話來。我呆立在菜美面前，當時湧上我心頭的，不是深有同感，也不是深感同情。而是一個很熾烈的願望。我希望再也不要看到她露出這樣的表情。

菜美向她母親說謊，說地震發生時，時鐘掉落砸中了她。她自己叫救護車的心情。將藥味熏人的貼布貼向肩膀的心情。說自己獨自站在大樓樓頂被人發現時的心情。——她確實說謊。但她說謊的心情，肯定無比真誠。她的謊言為何會被揭穿？因為她是個不善說謊的女孩。事實上，就算她以面無表情的假面來遮掩她放聲哭泣的臉，還是一樣無法掩飾她的哀傷。

「……開始……你……場所……」

華沙沙木不知在喃喃自語些什麼。只見他雙手握拳，兩眼瞪視腳下濡溼的柏油路，然後又重複說了一次。

「沃爾夫的企劃法則……『適合開始的場所，就是你目前所在的場所。』」

華沙沙木——

驀地，他微帶沙啞的放聲吶喊。

「等一下！」

華沙沙木往地面使勁一蹬，猛然往前疾馳，我們也隨後追上。他把門撞開，衝進大門到玄關的通道，並順勢衝向庭院的草地上，朝正要走進家中的里穗和戶村飛奔而去。他們兩人轉過頭來，眼睛瞪得老大，華沙沙木來到他們面前後，陡然停步，抬起下巴，神情高傲的宣布道：

「我會找出真相給你們看！」

（七）

「……然後呢？」

在剛才同樣的地點，我們並肩倚在圍牆上，再度盤起雙臂。菜美已不在一旁。里穗朝她訓斥道「妳和這些奇怪的人在一起做什麼」後，便將她帶回家中。

「你打算怎麼做，華沙沙木？」

我向華沙沙木詢問，但他沒答話。他的激動情緒似乎仍未平復，只見他喘息不止，臉頰肌肉不住抽動。接著他突然低語道：

「我一直想試一次看看……這可是我憧憬的夢想呢。」

聽他的聲音似乎很開心。

「咦，對什麼憧憬？」

「憧憬當一位可以解決離奇案件的偵探。」

「華沙沙木，難道……你不是因為義憤填膺才那麼做？」

他反問一句「義憤填膺？」納悶的皺起眉頭。

「你不是因為覺得菜美很可憐，而想出手幫她嗎？」

「怎麼可能，我那時候哪有空顧得了別人。因為我多年來夢想要大顯身手的機會，終於來臨了。不，我當然也覺得菜美很可憐。」

華沙沙木就像在替自己辯護般，目光游移，一口氣說了一大串話。真是個爛人。我嗤之以鼻，雙臂盤在胸前。

「算了。總之，既然你都說要找出真相了，那就得好好動腦筋想。」

「我當然會想。」

「菜美最後說的那句話……」

被里穗拉著手臂帶進家中時，菜美轉頭望向我們，留下這麼一句話。

——我好像看到有人逃離。因為當時一片漆黑，我懷疑是自己看錯了，所以沒跟警方說。昨晚我從二樓看救護員回去時，好像看到有人走出大門外。

說完後，菜美突然神色哀傷的望著地面。

——不過，說了也沒用。反正我說的話也沒人信。

「華沙沙木，她說的話你信吧？」

「當然。」

救護員離去時，走出大門外的人。對方之前在院子裡做什麼？小偷潛入似乎是在救護車的騷動結束，菜美和里穗再度入睡後發生的事，不過，那名小偷和走出大門外的人影，會是同一人嗎？

「小偷原本躲在院子裡，想潛入屋內行竊，但突然來了一輛救護車，引發一場風波，所以小偷暫時先逃離。不久，救護車離去，家中燈火熄滅後，小偷再次前來，從二樓窗戶潛入家中。這樣的推測應該沒錯吧？」

對於華沙沙木的推理，我不置可否的點了點頭。

「不過，小偷如此大費周章的潛入，為何只偷走小娜呢？」

「這點待會兒再想。先四處打聽看看吧。」

華沙沙木如此說道，意氣風發的邁步離去。

他開始依序拜訪周遭的人家。所到之處，皆引來住戶狐疑的眼光，讓人覺得困擾。「你是誰啊？」「剛才我已經跟警方說了呢。」「半夜發生的事，我不清楚，因為我已經睡了。」要是我們四處打聽的事讓里穗撞見就糟了，於是從南見家可以望見玄關的對面屋子，我們決定留待最後再去。

「咦，里穗夫人出門了。」

發現里穗出門後，華沙沙木喜孜孜的趕往南見家對面的房子，按下門鈴。

結果大有斬獲。向我們透露消息，導引我們查出真相的人，正是昨天跟我提到錢財的話題，有著雙下巴的那位大叔。

「啊，有小偷闖入？今天早上，警察四處向這一帶的人們打聽消息，我正感到好奇呢。而且昨晚救護車好像也來過。」

從庭院走出的那位大叔，很感興趣的把臉湊向華沙沙木。

「那輛救護車離去時，有人目擊有可疑人物從南見家的庭院逃離。您該不會也看到了吧？」

「我看到啦。」

「咦！」

雖然這是華沙沙木自己問的問題，但他卻大吃一驚，目瞪口呆。

「是女的對吧？」

女人。

華沙沙木全身湧現激動之情，像連珠砲似的接連問了幾個問題。對方是什麼樣的女人？髮型如何？身高多少？服裝呢？但大叔卻說他不清楚。

「因為是晚上，看不太清楚。不過，當時我因為很在意救護車的事，而從二樓窗戶往外看，看到一個像女人的瘦削身影，往某個地方跑去。」

「這樣啊……真是太感謝您了。知道嫌犯是女人，這樣就已經是很大的收穫了。」

「嫌犯是女人嗎？」

「這還不能確認。」

「你剛才不是說是嗎？」

「那只是一種措辭方式。」

「不過，對方確實很像嫌犯。因為她跑步的樣子很慌張。」

華沙沙木又問了幾個問題，但沒能再得到更多的消息。我們向大叔行了一禮後，隨之離開他家玄關。

接著我們先回店裡，準備吃午餐，正當我在二樓的事務所裡煮泡麵時，電話鈴響。傳來華沙沙木的聲音說道「哦，是南見啊」，我急忙關閉瓦斯爐和抽油煙機，豎耳細聽。

「原來如此……嗯，這樣啊……謝謝妳特地跟我聯絡。咦？那還用說，我一定會破案的。日暮老弟也同樣幹勁十足呢。不過他這個人就像華生一樣，沒多大用處。」

哈哈哈，華沙沙木朗聲大笑，正要掛上電話。

「是菜美打來的嗎？」

「你聽到啦？」

華沙沙木露出驚訝的表情，轉頭望向我。

「沒錯，是南見打來的。好像已經確認小娜平安無事了。」

「咦，小娜回來啦？」

「聽說大門的對講機鈴響，戶村先生前往應門，卻沒人在，只有地上擱著昨晚遺失的那個紙箱。打開一看，小娜竟然就在裡頭。好像都有餵牠吃飯，健康狀態良好。」

「換我來說。」

我想確認一件事，就從華沙沙木手中搶下話筒。

「啊，是菜美嗎？我想問妳一個問題。」

我手摀著嘴問道，菜美簡短的回答，和我料想的一樣。華沙沙木一臉狐疑的斜眼瞄著我，我一面提防他的視線，一面掛上電話。

「在談些什麼？」

「不，我只是懷疑是否真是小娜回來了。」

我隨口敷衍幾句。

「我不是說過了嗎！」

華沙沙木似乎覺得我很蠢，搖了搖頭之後，霍然站起。

「看來，這起案件已即將破案。我腦細胞全力運作的時刻就快到了。不過，資訊還是略顯不足。光憑我目前所知道的事實，很難將軍。所以日暮老弟，可不可以把你在南見家的所見所聞全部告訴我？要鉅細靡遺哦。我需要將所有資訊全部輸入我的腦細胞裡。」

「可以啊，請等我一下。」

我麵正煮到一半，於是我先回瓦斯爐旁，把泡麵煮完。我和華沙沙木吃著沒煮好的泡麵，同時把我的所見所聞全告訴了他。當我說到之前在搬運家具用品的途中，我走進客廳借廁所，和戶村交談的那件事情時，華沙沙木猛然將筷子往矮桌上一拍，抬起臉來。

「小圓的名稱叫紅尾貓？」

「嗯，好像是那種品種的鯰魚。」

「你為什麼不早說！」

到底是怎麼回事？華沙沙木十指如鉤，一把抓住自己的頭髮，以駭人的表情緊盯那麵碗。

「紅尾貓……像貓名的鯰魚……像貓的……鯰魚……」

我聽不懂他在說些什麼，只好自顧自的吃起了泡麵，這時，華沙沙木突然颼的一聲，單手掃向一旁。

「不好意思，請你別發出聲音好嗎？讓我好好專注的思考。就差一步了，日暮老弟。就只差最後一步了。」

又來了。當我們在討論如何能改善店裡經營情況的方法時，他最後總會說這麼一句。講完就沒了，什麼事也沒發生。

「不好意思，打擾你思考。那我出去發傳單了。」

我捧著店裡的傳單，走下事務所的梯子。

「將軍。」

在晝短夜長的秋日即將下山時，華沙沙木向人在倉庫裡顧店的我如此宣布。

「日暮老弟，我知道真相了。」

「什麼樣的真相？」

華沙沙木嘴角輕揚。

「瞧你那隨便的態度，待會兒保證你一定會後悔。因為我們等一下決定要去獵捕一個大獵物。也許會是個很危險的大獵物哦。」

「啥？」

「我們要親手逮捕那些小偷。今晚，小偷們一定會再度光顧南見家。回來偷之前沒偷到的東西。」

「小偷們？」

「小偷是一對搭檔。可能是一男一女。」

「這話怎麼說？」

「一切等抓到嫌犯後我再說明。不過，我不忍心讓你在一無所知的情況下執行危險的任務，所以我給你個提示。提示是『地震』、『亂吃一通』、『禮物作戰』。」

什麼跟什麼啊？

「聽好了，晚上我們到南見家去。躲在小貨車裡監視他們家。」

入夜後。十點一過，華沙沙木要我坐上前座，無比興奮的駕著小貨車前往南見家。車了停在對面那戶人家旁。當然了，不是停在從南見家可以看到的正面巷弄，而是停在東側的巷弄裡。

「來，我們躲在貨架裡。要是看到車內有人，小偷一定會起戒心。」

從南見家書房搬出的家具用品，今天下午我們已先搬往倉庫，所以現在貨架裡空蕩蕩。我們兩人爬上貨架，從車篷的縫隙往外窺望，可以清楚看見南見家的庭院。今天晴朗無雲，而且是月明之夜，最適合用來等待可疑人物上門。不過，我並不認為華沙沙木等候的可疑人物真的會出現。

該怎麼辦才好？

「日暮老弟，你是不是覺得害怕啊？」

「不會啊。」

「我看你是在逞強吧？」

華沙沙木對於一直靜候不動，似乎有點不耐煩，他急促的搓著雙手，面向車篷的縫隙，盤腿而坐。

「儘管放馬過來吧，壞蛋們。」

我一直不斷的思考。光是思考就已經很累人了，但我還非得裝出什麼也沒想的模樣，所以更是累人。時間就這麼一分一秒過去，藉著從縫隙間透射進來的微弱月光，我望向手錶，得知現在已過了十一點半。我輕嘆一聲，從華沙沙木背後往外望。南見家完全熄燈。想必里穗和菜美都睡著了。……不。

「是菜美。」

菜美從二樓窗戶探出頭來。直直的仰望南方天空。

「我看看……真的耶。糟了，屋裡的人從那個地方探頭，小偷們就不會來行竊了。啊，她望向我們這邊了。」

菜美朝我們這邊注視了半晌，接著她也許是發現我們停在巷弄裡的這輛小貨車，整個人從窗口探出上半身，瞧得更仔細了。

「華沙沙木，昨天才剛發生過小偷風波，要是被她誤會那可不好，最好去跟菜美講一下吧？我去跟她說。」

華沙沙木正要開口，我已先跳下貨架，走進南見家大門。我躡腳走過通道時，菜美露出深感詫異的目光，緊盯著我。

這時候，我已決定要為她做一件事。坦白說，我現在要做的事，可說是一種犯罪。但那又怎樣。人生就是有非做不可的事。

「妳媽已經睡了嗎？」

我站在窗戶下，以只有菜美聽得到的音量悄聲說道，菜美點頭。

「告訴妳哦，今晚小偷可能會再來。」

菜美張嘴發出一聲驚呼。

「不過妳不必擔心。華沙沙木想抓住小偷。所以我們才會躲在那裡。妳就安心的睡吧。」

菜美略顯不知所措，下巴微微往內收。

我朝背後望了一眼，確認華沙沙木沒聽到我的聲音後，又接著說道：

「華沙沙木叫我轉告妳，為了引誘小偷上鉤，希望妳能打開一樓客廳窗戶的鎖。」

「我明白了。」

傳來菜美壓低聲音的回答，接著她就縮回窗內。不久，客廳的落地窗從屋內打開，身穿睡衣的菜美探出身子，以氣音問道：

「只要打開這裡就行了嗎？」

「這樣就行了，謝謝。接下來交給我們就行了。妳要是一直開窗戶看星星，會感冒哦。」

我正欲離去時，菜美喚住了我。

「日暮先生。」

「咦？」

「你知道雙魚座的故事嗎？」

「雙魚座的故事？」

「……我很羨慕。」

「羨慕什麼？」

「抱歉，沒什麼。」

菜美移開目光，頭縮回屋內，把落地窗關上。

她到底想說什麼呢？

（八）

「可惡的小偷……看來他們是死心了。」

當微弱的陽光從車篷縫隙照進時，華沙沙木如此低聲說道。因為整晚在此監視，他冒出黑眼圈，兩頰也顯得比平時還要瘦削。不過，他並非整晚沒睡。快十二點的時候，他便打起了盹，於是我提議輪流監視。華沙沙木接受我的提議，我們每隔一小時就醒來輪班一次。

「華沙沙木，你可以開始說明了吧？」

「好吧。不過只能在南見家說明。因為光用口頭說明，不太容易理解。就等里穗夫人和南見起床吧。在那之前，我們先休息一下。」

我們各自將手機鬧鐘設在九點，隨之在貨架裡小睡。然而，我們兩人似乎都按掉鬧鐘繼續睡，醒來時已經十點多。

「哎呀……算了，我們走吧，日暮老弟。」

我們按下南見家的門鈴。華沙沙木隔著對講機，說他是來對之前的小偷事件做說明，里穗故意嘆了口氣，但還是讓我們入內。

「咦？又是你們啊。」

我們跟著里穗走進客廳後，發現戶村正在廚房洗碗。眼鏡底下的雙眼眨個不停。

「戶村先生也在啊。這樣正好，我待會兒要說明前天遭小偷的事。方便的話，請往這邊走。」

菜美人已在客廳裡，從她所坐的沙發上微微起身，朝我們投以既不安，又期待的眼神。

「那麼……到底是有什麼事？」

里穗的聲音顯得很不耐煩。但華沙沙木毫不退縮，他轉身面向里穗、菜美、戶村，以響亮的嗓音說道：

「我來說明整件事的來龍去脈。」

菜美緊張得喉嚨緊縮，以無比認真的眼神望著華沙沙木。

「里穗夫人，在前天的小偷風波中，您懷疑是令嫒幹的對吧？懷疑她佯裝成有人入侵家中，將小娜帶往他處。不過，您錯了。」

「我並不是說真的。」

只要不是說真的，要怎麼說都行，如果她是這麼想的話，那才真是錯了。不過，我什麼也沒說，就只是默默在一旁觀看情況發展。

「里穗夫人，我先確認一件事。前天夜裡發生地震時，小娜還在家裡對吧？」

「是的……還在。」

原來如此……華沙沙木雙臂盤胸，開始說明。

「這次潛入屋裡帶走小娜的，很明顯是小偷。而且還是雙人搭檔。不過，他們並不想要那隻貓。他們的目的和一般小偷一樣，是為了錢。」

「不過，既然是這樣，為什麼偷走小娜？」

菜美如此詢問，華沙沙木豎起食指比向她。由於昨晚沒睡好，他只有表情顯得氣勢十足。

「這正是這次案件的重點。妳聽好了，南見。嫌犯帶走小娜時，並非當他們偷走的是貓。」

「那麼，這到底是……」

「我不是說了嗎，嫌犯的目的是錢財。我還不清楚他們想偷的到底是什麼。不過，應該很快就會知道。總之，嫌犯以為小娜身上有那個東西，所以偷走牠。」

「以為小娜身上有那個東西……？」

「沒錯，如果是單人犯案，一定不會犯下這種愚蠢的錯誤。不過，這次案件的嫌犯是雙人搭檔。而且是不太懂得溝通的搭檔。」

為了集中精神，華沙沙木微微合眼，抬頭面向天花板。

「我依序說下去吧。前天晚上，那雙人搭檔的其中一人前來。順著排雨管，從窗戶沒上鎖的菜美房間潛入家中。此人在逃出屋外時曾被人目擊，我向周邊住戶打聽後，得知此人是位女性。她潛入家中行竊後，便開始在屋內搜尋。她不知道該從哪邊找起。總之，她很快便得到某個東西。不過，她可能當作是寶石之類的東西。她發現那東西之後，接著又找尋其他值錢的東西。但就在那時候，發生了意想不到的事。」

「什麼事？」

「地震。」

華沙沙木那令人不寒而慄的眼神，直直的射向菜美雙眼。

「那是一場大地震。想必她當時一定在心中暗叫不妙。也許屋裡的人會因為地震而驚醒。果不其然，里穗夫人和菜美都醒來了。里穗夫人先是來到客廳，確認魚缸和魚兒們的狀況，菜美則是打電話叫救護車。這時嫌犯還躲在家中。她躲在暗處，全身顫抖，不知該如何是好。」

華沙沙木宛如自己就是當時那名女賊般，露出不安的眼神，緊摟著自己雙肩。

「我得早點逃離這裡才行。這時救護車趕到，救護員走進家中。在里穗小姐的帶領下，他們走樓梯上到二樓。要逃的話就得趁現在。女賊從暗處裡衝出，趕往玄關。但是……」

華沙沙木雙手一拍。

「這時候她搞了個大烏龍。」

「什麼大烏龍？」

「不是跌倒，就是忘了自己手上拿著那個東西。她偷的東西脫手飛出。」

「飛到哪裡？」

「那裡！」

華沙沙木就像持槍比向目標般，伸手指向其中一個魚缸。小圓悠游其中的那個大魚缸。

「日暮老弟，你去找吧。」

果然又是我。

「去魚缸裡找找看。小偷潛入後已經過了兩晚。在魚缸底部應該會發現才對。」

在里穗、菜美、戶村的驚詫目光注視下，我走近魚缸。不管看再多次，小圓都顯得很巨大。要我把手伸進去嗎？我彎腰往魚缸裡窺望。看不到。我改變視線角度，望向橫放在魚缸角落裡的漂流木底部……啊，看到了。

「嗯，有個發亮的東西呢？」

「它應該不是整個裸露在外面才對。」

「是掩埋在黑色的東西裡頭。這是……魚大便吧。」

「請把它取出來。」

「嗯……」

所幸戶村代我做這項差事。他以擱在魚缸旁的網子，俐落的將沉在漂流木底下的東西撈起。他毫不猶豫的徒手在網中掏取，接著他大聲叫道：

「是戒指！」

在場所有人目光皆往戶村手上匯聚。亮晃晃的戒指。金色的指環有一顆大得離譜的粉紅色寶石。

「果然是戒指。我就猜是這種東西。」

華沙沙木大搖大擺的走近，從戶村手中接過戒指。

「這就是嫌犯偷的東西。」

一見到戒指，菜美和里穗同時都有話想說，但華沙沙木沒發現，仍自顧自的說著。

「那麼，我就來說明之後發生的事吧。女賊脫手飛出的這枚戒指，掉進小圓的魚缸。剛好小圓一口將它吞進肚子裡。那天小圓心情不好，對嫌犯來說，當真是運氣背到家。換作是平時，小圓應該是不會吃戒指才對。但那天心情不好的小圓，開始亂吃一通。」

「亂吃一通……」戶村愕然低語道。

「一般人認為小圓的心情不好和地震恐怕有密切的關係，不過，那方面我是門外漢，所以在此不便多做說明。因為個人想像介入推理中，是很危險的作法。」

華沙沙木做了一番耐人尋味的評論後，又回到原本的話題。

「被魚吞了戒指，嫌犯應該很絕望才對。因為小圓的模樣無比凶惡，嫌犯實在沒有勇氣把手伸進牠口中取回戒指。就算要把小圓整個帶走，牠的體型也過於巨大。再說了，要是再繼續磨蹭下去，她恐怕就沒機會逃脫。於是她就此放棄。換言之，她什麼也沒拿，空手逃出屋外。事情就這樣結束了嗎？不，她逃走的模樣，菜美全從二樓窗口看見了。到此為止，是整起案件的第一幕。」

華沙沙木緩緩吁了口氣，以沉痛的表情望向手中的戒指。

「第二幕登場的，是另一名小偷。此人沒被任何人撞見，所以性別不明。但我基於某個理由，推測這名小偷是男性。」

「什麼理由？」

此時在華沙沙木身旁聆聽其推理的菜美開口問道。

「因為想默默在女人背後幫忙的，一定是男人。妳長大後就會懂這個道理。」

「想默默在女人背後幫忙……？」

「女賊沒能偷成的戒指，男子想自己代為取得。全為了那名女賊。應該是想事後把戒指交給女方，討她歡心吧。所以他潛入這間屋子。在里穗夫人和菜美再次入睡後。」

「你的意思是，小偷兩度潛入家中？」

「沒錯，同一個晚上。不過，那第二名小偷同樣搞了個大烏龍。她沒從女賊那裡聽取正確的資訊，就貿然展開行動。這一定就是所謂的男人心。他不想讓女賊知道自己想要做的事。從頭到尾，男子都想暗中行動，然後以戒指當禮物，給女方一個驚喜。所以事前他沒從女方那裡問清楚詳情，只得到不正確的資訊，便潛入你們家中。」

「華沙沙木，你說不正確的資訊，指的到底是……？」

華沙沙木轉頭面向我，就像在對我說「問得好」，只見他挑著稀疏的眉毛說道：

「就是誰把戒指吞進肚子裡。女賊告訴男子的資訊，到底是什麼呢？日暮老弟，你偶爾也該試著自己動腦想一想。因為你手中已握有破案的關鍵。」

我側著頭沉默不語，頻頻眨眼，嘴角垂落，最後我舉起雙手說了一句「我投降了」。華沙沙木露出溫暖的同情眼神，微微頷首，接著對在場所有人說道：

「那名女子可能是這樣說的……戒指被紅尾貓給吞了。」

菜美口中發出一聲驚呼。她抬頭朝天空望了半晌，就像在整理腦中的思緒般，口中唸唸有詞，接著視線突然移回華沙沙木臉上說道：

「難道是小娜？」

「Perfect！」華沙沙木手指彈出一聲輕響。「男子不知道女方口中的紅尾貓是什麼。他萬萬沒想到會是鯰魚，滿心以為是一隻貓。就像有人以為草原犬[17]是狗一樣。他為了偷出那隻名為紅尾貓的貓咪，潛入屋內，結果裡頭果真有一隻紅尾巴的貓。」

「可是華沙沙木先生，小娜的尾巴不是紅色，是褐色。」

「南見……」

華沙沙木慢條斯理的搖著頭，就像在說「妳太天真了」。

「妳沒看過柯南．道爾的《紅髮聯盟》嗎？故事裡有很多紅頭髮的人登場。」

面對他如此籠統的說明，菜美一臉困惑。

「小說的內容不重要。我想說的是，紅髮不見得就是紅色的。被稱作紅髮的人，他們的頭髮實際上並非紅色，而是接近褐色。小偷明白這點，當他看到小娜時，便覺得就是牠了。認定牠就是女子所說的紅尾貓。於是他抓住小娜，將牠帶離屋外。」

這時華沙沙木突然停了下來，下巴往內收，呵呵輕笑。

「想必他餵小娜吃了不少東西，讓牠排出不少糞便。然後花了好大一番工夫用夾子或免洗筷在糞便裡翻找。找尋那不可能存在的戒指。後來不知他是因為遲遲在貓糞中找不到戒指，還是從女賊那裡聽說紅尾貓是一隻鯰魚，才發現自己會錯意，這就不得而知了。總之，他知道小娜身上沒有戒指後，便放了牠。這就是這個案件的真相。」

「怎麼會……竟然有這種蠢事。」

「確實是蠢事一樁。不過日暮老弟，仔細想想，這世界充斥著愚不可及的誤會。只是大家都沒發現這點，一樣在過日子。」

我心中暗自點頭。

「里穗夫人，這枚戒指還您。它看起來價格不菲，建議您今後嚴加保管。」

里穗緩緩收下華沙沙木遞出的戒指。我第一次見她眼中流露情感。既落寞又哀傷。我就此對

⑰ Prairie dogs，草原犬鼠。

她有點改觀。

「不過話說回來，這到底是幾克拉啊？看起來足足有一般寶石的三十倍大呢。」

聽華沙沙木這麼說，里穗的嘴角輕揚。那是難為情的笑容。

「這是玩具。是很久以前，菜美用自己的零用錢買來送我的禮物。我和我先生……不，我和我前夫一人各一個。是這孩子念小一時，我們結婚紀念日當天的事。」

「哦，是南見送的啊。」

華沙沙木故作平靜，朝菜美望了一眼。

「因為媽媽說她沒有結婚戒指。」

菜美與她母親四目交接。

「媽，妳對警察說什麼都沒遺失，可是，難道妳一直都沒發現它不見了嗎？」

面對女兒的詢問，里穗低頭緊咬著嘴唇。

「那個女賊把玩具戒指當作真貨是吧。」

這樣的發展好像很出乎華沙沙木的預料之外，他突然失去原本的鎮定，來回打量著她們兩人，接著莫名其妙的輕咳幾聲。

「那麼，我也該下台一鞠躬了。我有點累了，恕我先走一步。後會有期。」

他們三人目送我們走出玄關。菜美說要陪我們走到車子旁，里穗沒攔阻。華沙沙木與菜美走在通往大門的路上，我正要跟在他們身後走的時候……

「日暮先生，請問一下……」

里穗以吞吞吐吐的口吻喚住我。

「剛才你們說的小偷……是真有其事嗎？」

站在她身後的戶村，也露出半信半疑的神情。

不知道耶，我側著頭應道。

「這我不清楚。」

我行了一禮，迅速離開，不過我心裡在暗忖，南見家的廚房裡少了一根魚肉香腸、少許明膠，以及一片烤海苔，希望戶村和里穗別發現才好。

（九）

在此十小時前——約莫是剛過深夜十二點的時候。

「華沙沙木，你先睡吧。我先監視一小時。」

「那就麻煩你了，晚安。」

華沙沙木橫身躺下，以手當枕，旋即發出沉睡的呼吸聲，我斜眼瞄著他，走下小貨車的貨架。繞過圍牆後，看到南見家對門的那戶人家，大門正敞開著。我悄悄穿過大門，在明亮的月光下，來到那雜草叢生的庭院。

那位雙下巴的大叔縮身坐在外廊上。身旁擺著一個鼓鼓的大旅行袋。

「不好意思，讓您久等了。」

我出聲叫喚後，大叔猛然抬起頭來。他寬闊的肩膀極為緊繃，擺出防備之色。我朝他身旁坐下，因為時間不多，我立即步入正題。

「昨天晚上潛入南見家的人是你對吧？」

他似乎早料到我知道這件事，點了點頭，並未顯得有多驚訝。

「你應該是不會將我扭送警局吧？因為你刻意在半夜和我約在這種地方見面。」

「那當然。我怎麼可能將你扭送警局。」

中午時，菜美打電話到店裡，告訴我們小娜已回到家時，我問了她一個問題。

——啊，是菜美嗎？我想問妳一個問題。妳們家對面是一間空屋對吧？

菜美回答我，是空屋沒錯，好像近日就會拆除。我聽完後，便騙說我要去發傳單，來到這裡。當時這位大叔就坐在同樣的位置，同樣弓著背。見到他之後，我鬆了口氣，但當我跟他說，我今晚想和他說些話時，他不發一語，蹙起眉頭，於是我又補上一句。

——這是為了幫菜美。

其實我原本是想獨自前來。但華沙沙木突然提議晚上要去南見家監視，所以我才會像這樣偷偷溜出貨架。

「你是菜美的父親，幸造先生對吧？」

我如此詢問時，大叔並未顯得有多驚訝。他收起雙下巴，抬眼望向我，眼中滿是疲憊之色。

「不過，你為什麼會知道？昨天還有今天，我假扮成這裡的住戶，應該扮得很巧妙才對。你在我家看過我的照片是嗎？」

「不，我沒看過你的照片。不過，我雖然在玄關前遇過你兩次，卻從沒見過你在玄關門出入，所以我覺得事有蹊蹺。還有，今天我們來找你談小偷那件事情時，幸造先生，你不是假裝不知道南見家遭小偷的事嗎？可是你說過，警方好像在附近打聽消息，你很在意。」

——啊，有小偷闖入？今天早上，警察四處向這一帶的人們打聽消息，我正感到好奇呢。

「警方四處打聽時，應該也按過這戶人家的門鈴。因為你就住南見家對門。最有可能從這裡取得和小偷有關的可靠消息。但人在庭院的你卻沒應門。原因很簡單。因為要是讓警察知道你不是這棟屋子的住戶就糟了。」

「因為我是自己擅自走進這戶人家的庭院。」

「而且也是潛入南見家的當事人。」

「嗯……可以這麼說。」

幸造尷尬的低頭望向地面。

「還有救護車的事。當時你不是說『昨晚救護車好像也來過』嗎？但你卻沒問我們發生了什麼事。」

「是嗎？」

「一般都會問才對。因為對面人家半夜有救護車趕來。你沒問這件事，令我覺得，你也許知道救護車前來和離去的整個經過。也許那天晚上就是你潛入南見家的庭院，偷偷觀察她們的情況。救護隊員離開時，菜美曾目擊有個人影從南見家的庭院逃出，幸造先生，那個人是你吧？所以我們問你是否有看到人影時，你回答『是個身材清瘦的女人』，對吧？」

他馬上告訴我們是個身材清瘦的女人，提供了一個和他的外形完全相反的人物形象。

「不過，就算是這樣，你為什麼知道我是菜美的爸爸？也許我只是個躲在對面屋子裡的可疑人物啊。」

「因為你潛入南見家時，從屋裡帶走了小娜。」

幸造恍然大悟的哦了一聲。

「小娜除了家人外，一概不會靠近外人。而且牠會對家人發出聲音撒嬌。你潛入南見家時，牠是不是緊黏在你身邊啊？所以你擔心會吵醒里穗夫人和菜美，因而將小娜裝進廚房的紙箱裡，把牠帶到外頭去。」

「我對牠很過意不去。」

幸造嘿嘿輕笑幾聲，肩膀晃動。

「幸造先生，話說回來，你昨晚為何潛入南見家呢？」

經我這番詢問後，幸造突然轉為嚴肅的表情，盤起雙臂。

「我很擔心菜美。喏，不是發生那場大地震嗎？事後家裡亮著燈火，好像引發不小的騷動……最後甚至還有救護車趕到。我以為是里穗或菜美在地震中受傷，因而躲在庭院裡查看情形，但情況有點古怪。我臉貼在玄關門上偷聽，最後傳來救護員的笑聲。不久，救護員們和里穗從二樓走下，所以我急忙逃走。」

當時人在二樓的菜美應該是看到了他的身影。

「最後救護車沒載人，就這麼走了。我猜應該是菜美撞到什麼地方，誇張的大呼小叫，打電話叫來救護車吧。不過，我還是很擔心。得親眼看到她平安無事，我才能放心。所以就……」

「潛入屋內？」

「是啊。我猜菜美的房間窗戶也許開著。她很喜歡星星，晚上總是從房間窗戶眺望夜空。所以每到晚上，我總是在這個庭院望著菜美。剛好這是一棟空屋，所以我就混進裡面了。我沒辦法和她見面，所以只能從這裡偷看她。雖然我和里穗都一再吩咐過她，睡覺前要記得將窗戶上鎖，但她就是老忘記。她都只是關窗，沒上鎖。」

幸造側臉的神情，就像在看老相本般。

「於是，昨天我試著爬上排雨管，結果果然沒鎖。我悄悄走進屋內，望著菜美的臉。她靜靜的睡著。在她翻身之前，我一直都在看她，她似乎沒受什麼傷。我這才放下心中的大石。」

「可是，你為什麼沒從窗戶離開呢？你將小娜裝進廚房的紙箱裡，表示你走下一樓對吧？」

「我有件東西忘了拿。」

幸造從南見家帶走的東西是什麼，當時我還不知道，我側著頭，不解的望著他的側臉。

「我離家時，忘了帶走這個東西。我一直想回來拿，但始終沒辦法。」

幸造取出的，是一枚金色的指環，上頭鑲有一顆粉紅色的玻璃球，是玩具戒指。幸造說，這是菜美小一時，買來送給他和里穗的禮物。

「我在客廳找這枚戒指時，小娜緊黏在我身邊。不得已，我只好將牠帶出屋外。」

「你找到戒指，準備離開時，為什麼沒將小娜送回家中？」

「不，我本想送回家中。但因為小娜在紙箱裡很吵。要是把牠送回家中，里穗或菜美醒來，那不就糟了嗎？」

看來並不光是這樣。

「不過……一來我也是覺得有點寂寞，所以借用了一晚。和牠一起睡在外廊上。我硬把牠塞進毛衣裡，讓牠睡著。」

說完後，幸造緩緩摩挲著毛衣的胸口一帶，接著他突然抬起頭說道：

「先不管這個，喂，來談談菜美的事吧。她怎麼了嗎?你不是說要幫她……」

「差點忘了。里穗夫人曾經懷疑菜美就是小偷。菜美聽了之後，至今心裡仍舊很受傷。」

「里穗這傢伙……」

「所以我才來找你這位父親商討，看該怎麼辦才好。」

「沒關係。你就把真相告訴里穗和菜美吧。——喏，這個拿去。」

幸造動作粗魯的將戒指塞進我手裡。

「這就是我潛入屋內的證據。只要你出示這個，里穗就會明白。反正現在的我也沒資格擁有它。」

「……真的可以說出來嗎？」

我再次向幸造確認，他默而不答。

「也沒其他方法了吧。」

「那可不見得哦。」

「有其他方法嗎？」

幸造頓時整張臉亮了起來。

「如果有的話，希望你能……幫我這個忙……」

他再次沉默不語。

「我會想辦法的。」

我承受幸造狐疑的目光，站起身。

「我會努力搞定這件事。」

沒時間了。我低頭行了一禮，正準備離開庭院時，幸造喚住了我。

「這位小哥，你不問我為什麼現在落得這副模樣，四處遊手好閒嗎？」

他就像自暴自棄似的，向我展示身上那髒兮兮的毛衣，以及那鼓鼓的大旅行袋。

「就算你告訴我，我一定也幫不了你的忙。」

「意思是，你看過之後已大致猜出幾分了是吧？」

「這個嘛，大致猜得出來。」

「你可以試著問問看嘛。」

不得已，我重新坐好，問他究竟發生了什麼事。

聽說離家出走時，幸造的公司已即將破產。為了不讓里穗與菜美這兩個重要的家人流落街頭，幸造和里穗離婚，離開她們身邊。他以贍養費的形式，將存款和股票全轉讓給里穗，所以當他處理好公司，還清欠客戶的債務後，已一文不剩，現在甚至居無定所。

「里穗和菜美應該衣食無缺吧。她們有錢，又有房子住。雖然公司原本是我的名義，不過，屋子和土地則是老早就歸在里穗名下。為的就是怕有這麼一天。」

「你早想到了嗎？」

「誰會想到啊。」

那是猶如狗吠般的微弱聲音。

「不過，未雨綢繆的用心總是要的。」

「幸造先生，你不想說出一切，一家三口重新來過嗎？」

「別說傻話了。我哪能讓她們看到自己的丈夫和父親變成現在這副模樣？」

「她們會諒解的。」

「所以才更不行啊。因為這麼一來，里穗會說她可以出外工作賺錢。菜美也一定會說她要去打工。一定會這樣。」

幸造很不甘心的瞪視著南見家。

——想默默在女人背後幫忙的，一定是男人。

十個小時後，從華沙沙木口中說出這句話。就某個層面說來，也許他說得有理。男人總是為了自己心愛的女人，想在背後偷偷幫忙。華沙沙木口中的「嫌犯」以及幸造，全都是如此。想要偷偷幫忙，甚至連用錯方法這點，也都一模一樣。

「我自己要求你這樣問我，說起來還真有點怪。」

我站起身後，幸造一臉嚴肅的望著我說道。

「剛才我說的話，你可別說出去哦。別講出我現在過的是什麼生活。」

他這樣交代後，我這個局外人委實難以拒絕。不過……

「你最好還是好好和她們母女倆談談。」

「總有一天我會重新出發。我一定會的。到時候，我會來迎接她們。她們是我最珍惜的家人，遠比金錢還來得重要，我會前來迎接她們的。在那之前，你要替我保密，絕不能說出去。聽好了，如果你也是男人的話，就絕不能說出去。」

不得已，我只好點頭。

「……我知道了。」

「那就這樣約定嘍。」

在對方的笑臉影響下，我也回以一笑，接著我離開月光灑落一地的庭院。

握在右手中的玩具戒指，感覺帶有溫熱。接下來我的安排如果順利的話，就能化解里穗對菜美的誤會。然而，被自己母親懷疑的這項事實，卻無法從菜美心中消除。我祈禱她今後能多和她母親說話、歡笑，在心中留下歡樂的回憶，把不愉快的記憶沖淡。這一定能實現。我認為里穗原本是個極富愛心的人。她滿心以為是因為自己沒有學識的緣故，丈夫才會離家出走，她心底很替菜美擔心。她很頑固的堅信，絕不能寵壞她。所以才會像現在這樣，變成一位極端嚴厲的母親。其實她現在一定還是很想像以前一樣和菜美一起看電視、看漫畫，一同歡笑。但她不能這麼做。仔細想想，她或許就是因為這樣才開始養魚。自己極力壓抑的愛心，需要一個宣洩的出口。如果只是養寵物，養狗或是再多養一隻貓，應該都是不錯的選擇。但她選擇沒有體溫的魚。這是否能看作是對菜美無言的謝罪，以及她自己的一個小藉口呢？

我穿過南見家的大門，一面走向菜美刻意沒鎖的那扇窗，不經意的轉頭望向背後。空中的浮雲已散去，南方的天空如同洗淨般透明，無數顆掛在天際的星辰，美得令人驚嘆。我找到幾個認得的星座。飛馬座、水瓶座、鯨魚座、雙魚座……

「啊……」

這時我才發現。

——日暮先生，你知道雙魚座的故事嗎？

——我很羨慕。

菜美當時想說的話。

據說雙魚座是兩條魚以緞帶綁住彼此尾鰭的姿態。神話中提到，維納斯和她的兒子邱比特在河邊散步時，突然出現一隻怪物，兩人大吃一驚，就此化身為魚逃走。這時，他們為了避免走散，特地以緞帶綁住彼此的尾鰭。

也許菜美也希望她和母親能用緞帶綁在一起。所以她才會那樣仰望南方的星空。她所注視的，也許就是雙魚座的緞帶吧。

我站在灑落一地月光的庭院裡，仰望秋日星空，先前對南見家的未來感到悲觀的心情，變得愈來愈淡。她們一定沒問題的。里穗和菜美總有一天會再以強韌的緞帶繫住彼此。話說回來，創造星座的既不是大自然，也不是上帝，而是人類。讓雙魚的尾鰭繫在一起的，是人類。菜美和里穗日後總有一天會在她們母女之間畫出美麗的緞帶。她們不需要什麼事都靠自己去做，還有我和華沙沙木在，幸造日後也一定會回來。只要大家一起同心協力就好了。

我重重點了個頭，為了製造小圓的糞便，而走近南見家。我先取出香腸裡的東西，在裡頭加入水和明膠……黑色的部分只要將烤海苔溶解就能做成。待明膠凝固後，我從香腸的腸衣裡將它取出，在裡頭放進戒指……如果冰箱裡沒有香腸的話，就用保鮮膜來代替吧。對了，非法潛入民宅要是被逮到的話，不知道會被判幾年。

（十）

「日暮老弟，你在回想我第一次的活躍表現對吧？」

華沙沙木露出「我一看就知道」的眼神，窺望著我。秋雨仍在倉庫外無聲的下著。

「算是吧。」

「我也是。我剛才正想著我巧妙破解那起案件時的事呢。啊，突然好想吃鰻魚飯。」

「我說華沙沙木，我可以問你一個問題嗎？」

「什麼問題？」

「當時……就是一年前，你站在菜美家門前，突然衝向里穗夫人那時候，你不是大喊著『等一下』嗎。」

「哦～是啊。」

「當時真的是因為你想當一名破案的偵探嗎？」

我話還沒說完，華沙沙木便做出我早料到他會有的反應。他感覺像是頗為錯愕，張著嘴，下排牙齒微露，稀疏的眉毛上挑，低頭俯視著我。當時華沙沙木肯定比我還要感到義憤填膺，但他這個男人就是這樣，有話不願直說。

「抱歉，當我沒說。」

此事過度追究反而尷尬，於是我索性望著屋外的雨。華沙沙木在一旁不知在喃喃自語些什麼。

對了，幸造後來不知道怎樣。

我後來都沒再遇到他。南見家對面那棟房子，那年冬天已經拆毀，如今已改建成全新的三代同堂住宅。他已不能常潛入那棟屋子的庭院裡窺望南見家。現在他到底在哪裡生活呢？

有幾次我若無其事的向菜美詢問她父親的事。他們似乎還是沒聯絡。每次菜美回答時，總顯得神色哀戚。我當然不止一次想向她坦言一切。每天都想要把話說清楚。但我和幸造約定好了，絕不能說。在幸造重新出發，前來迎接她們母女之前，我絕不能說出這個祕密。

今後他們會怎樣，我不知道。不過，情況沒那麼悲觀。因為儘管季節更替，朝陽升起，星星還是不會從夜空中消失。儘管暫時不見蹤影，但總會有再出現的一天。只要星星沒消失，總還是會連接在一起，緊緊相繫。

「日暮先生，快點把吉他修好啦。」

事務所傳來菜美的聲音。

「吉他？」

華沙沙木挑起單眉。

「哦，是我在黃豐寺收購的。我跟菜美說好了，要修好那把電吉他，然後賣給她。」

「南見……彈電吉他？」

「可是它很老舊了，不知道修不修得成。」

「日暮老弟，你這樣不行哦。男人就得好好遵守約定。」

「我知道。」

我走回修理區，拿起那把電吉他。

「我會遵守約定的。」

既然這樣，那就徹底修好它吧。順便將它改造成外觀煥然一新，令人稱羨的吉他，送給菜美當禮物吧。

我不能讓她失望。

冬

橋之寺

（一）

一走下小貨車的駕駛座，正面吹來的冷風使得大衣背部整個鼓起。歲末年終的腳步已近，停車場裡的紅花石蒜不知何時已消失蹤影。原本像稀疏毛髮般遍布一地的雜草也已乾枯，空氣中帶有寒冬的冷硬——但我錢包裡有錢。

我有錢。

「那位和尚……」

我就像在叫喚心愛之人的名字般，仰望冬日的天空低語道。

小貨車的貨架上什麼也沒有。我離開店裡時，裝上貨架的那個附唱片播放機的大型音響，此刻已擺在黃豐寺裡。

昨天住持打電話來，說他想要一套音響組。正好店內倉庫有去年「小圓亂吃一通事件」發生時，南見家半賣半送所收購來的音響。我向住持簡單說明音響的狀態和規格後，住持便要我賣他。由於這項商品背後有著錯綜複雜的緣由，所以我事前先找菜美商量，但沒想到她相當乾脆，馬上便同意出售。而今天，我將商品運至黃豐寺，沒想到竟然以兩萬兩千日圓的價格賣給了住持。我原本已做好心理準備，最後會被他砍價成一萬兩千日圓，因而向他開出兩萬兩千日圓的價碼，但令人驚訝的是，住持竟然很乾脆的點頭，從錢包裡掏出現金。接著朝我露出菩薩般的和善笑臉，還特地以熱茶款待。之後我完全解除內心的防備，不小心脫口說出那是客戶半賣半送所收購來的商品，住持聞言後非但沒生氣，還開心的大笑。他對我說，你也挺會做生意的嘛，以調皮的眼神望著我。

我哼著歌走向倉庫。入口處的看板映照著清澄的天空，閃閃生輝。

『喜鵲二手雜貨店』

熨斗、誦經桌、流水素麵組[18]、《人小鬼大》[19]、《原色植物圖鑑》……我側身走在這些遲遲賣不出去的商品中。順著梯子走上二樓事務所後，傳來沒透過放大器播放的電吉他聲響。Do、Re、Mi、Fa、Sol、Ra、Si……#Do。

「看來，要成為吉他手的路還很遠呢。」

「不管我怎麼練習，還是都彈不好。」

菜美還是老樣子，一有空就往店裡跑。自行看這裡的漫畫、電視，自己炒飯，最近還開始練

⓲日本人會將素麵從長長的軌道上順著涼水而下，在下方撈起素麵吃，流水素麵組就是用來搭建軌道的整組道具。

⓳植田正志的四格漫畫。

習起電吉他。聽說她在家練習時，她母親都會叨唸她，說與其彈吉他，不如好好用功念書。

「咦，對了，菜美，妳今天為什麼沒穿制服？」

「因為從今天開始放寒假啊。」

廁所傳來沖水聲，華沙沙木從門內走出。

「咦，日暮老弟。你今天不是去黃豐寺嗎，怎麼沒看你愁眉苦臉的樣子啊？」

「事情是這樣的……」

我說出寺裡發生的經過，華沙沙木發出一聲驚呼，重新打量著我。

「那不是很棒嗎！兩萬兩千日圓？」

「沒錯，兩萬兩千日圓。」

我從錢包裡拿出現金。華沙沙木稀疏的眉光頻頻抽動，呼吸急促的伸出雙手。

「日暮老弟，你可真會做生意。真有你的。」

但這時他臉上表情突然定住不動，露出暗呼不妙的表情。他緩緩端正原先的姿勢，從一旁的辦公桌上取出那本《*Murphy's Low*》。

「『就算一開始成功，也不要面露驚訝之色』……我竟然完全忘了梅爾尼克法則。」

不過，要是知道兩天後即將發生的事，我應該也會興奮不起來。

（二）

兩天後是聖誕夜。下午我在超市買回晚餐要吃的雞肉後，店裡電話響起。是黃豐寺的住持打來的。

『你喜歡橘子嗎？』

突然被問這麼一句，我為之一愣，但我還是回答喜歡。

『那你要不要到我這邊來摘橘子啊？我這邊後院的橘子正值採收期呢。』

「摘橘子是吧……」

我當然知道黃豐寺的庭院裡種了許多橘子樹。還記得兩天前我送音響組去時，還在心裡想，這些橘子看起來似乎很香甜多汁呢。不過……

小心有詐——我心中的直覺發出警告。

「順便問一下，請問要收多少費用？」

『哈哈哈，說什麼傻話。當然是免費啊。你自己摘的橘子，要全部當場吃掉也沒關係。吃不完大可打包回去。過去受你不少關照，這算是回禮。』

「呃……不論是摘採、現吃，還是打包帶走，全都免費嗎？」

『那當然，你在提防什麼啊？不論你摘了幾顆，吃了幾顆，打包幾顆，一律不收錢。如何啊？要不要來？』

我心裡仍舊感到納悶，就此回了他一句「我和同事討論看看」，掛上電話。

「誰打來的？」

華沙沙木走下閣樓，我向他說明剛才電話裡的對話，他聞言後，猛然趨身向前，伸長了脖子，結結巴巴的說著「摘、摘、摘」。

「摘橘子？」

「怎麼啦，華沙沙木，你喜歡橘子是嗎？」

「我愛死了！」

華沙沙木挺起他那單薄的胸膛。他還告訴我，小時候他聽說愛媛縣內的水龍頭只要一轉開，就會有果汁流出，這個傳言他一直深信不疑，而且真的打算日後要搬去那裡住。

「我都不知道呢。那麼，你要去嗎？」

就這樣，我們開始做出門的準備。我利用廣告紙背面寫了一張「本日因臨時有事，暫停營業」的公告，以透明膠帶貼在鐵捲門上，這時，圍著圍巾的菜美朝店裡走來。

「你們要去哪兒？」

「我們要去黃豐寺摘橘子。」

「咦，黃豐寺不就是日暮先生收購吉他的那家寺院嗎？」

「是啊。」

「我一直想請會彈吉他的人教我彈呢。自己練根本練出不名堂。我可以一起去嗎？」

「好啊，摘完橘子後，就請住持教妳彈吉他吧。」

其實我沒安好心眼，我想試試住持的深淺，看他到底會不會彈吉他。至今我仍懷疑，他秋天時硬逼我買下的那三把吉他，搞不好是他從某個垃圾場裡撿來的。

從主幹道駛進山中後，順著一條又長又陡，我私下稱之為「鬼怪路」的坡道往上走，便可來到黃豐寺。華沙沙木坐在駕駛座，抱著吉他的菜美坐前座，我則是坐在嚴重滲風的貨架裡。

當我們將小貨車停在停車場，穿過寺院大門時，一名身穿僧服的大漢站在前庭，轉身望向我們。

「哦，你們來啦。」

「您好，平素承蒙關照。我和日暮一起經營二手雜貨店，敝姓華沙沙木。聽說今天有橘子可以免費摘採、現吃、打包，所以特地前來。」

面對喜孜孜走近的華沙沙木，住持朝他點了點頭。以他宛如手套般粗大的手掌，握住華沙沙木那瘦弱的手，轉身朝背後朗聲喚道：

「喂，宗珍，有客人哦！」

一名身穿白衣，繫著黑色腰帶的小和尚，宛如卡通裡的一休和尚般，手持竹掃帚，從寺院後方跑來。他的腦袋像燈泡一樣光滑，兩頰白裡透紅。前幾次在寺裡被住持恐嚇時，我曾見過他拿著抹布或撣子在殿裡忙碌，我一直以為他是住持的徒弟。

「快打聲招呼。」

在住持的吩咐下，他笑咪咪的向我們行了一禮。

「我叫立花宗珍。家父平日受各位多方關照。」

家父……

「咦，這位難道是令郎？」

「是啊，是我的獨生子，怎樣嗎？」

住持有兒子，令我們大為驚詫。一開始我就知道他結過婚。不過，這位父親怎麼會生出如此纖瘦又純真的孩子呢？

「兩位是日暮先生和華沙沙木先生對吧？請多指教。」

我們做完簡單的自我介紹後，宗珍如此說道，又低頭行了一禮。接著他面向菜美，像在詢問似的微微一笑。

「啊，我叫南見菜美。」

「南見？」

「菜美。」

「……菜美？」

「菜美。」[20]

住持突然發出猛獸般的朗笑。

「小姐，妳這名字真是別具巧思啊。妳看起來好像和宗珍差不多年紀是吧？」

「我國一。」

「那麼，比宗珍小一歲。這小子今年國二。時間過得可真快啊。」

住持低頭望著宗珍，流露出父親的慈祥神色。

「那麼，我們這就來摘橘子吧。我叫宗珍準備道具。」

在住持的眼神示意下，宗珍奔向一處像倉庫的小屋。住持則是領我們來到寺院後方。我們踩在細卵石上，口中呼著白色氣息，走過前庭，看到寺院前方一顆顆黃色的果實。在來到那片橘子園之前，住持告訴我們，早在建寺之前就有這座橘子園，所以這裡才會命名為黃豐寺。

「這些都是可以吃的橘子對吧？」

我如此詢問，當作是最後確認。

[20] 南見和菜美同音，都叫 MINAMI。

「我種不能吃的橘子幹什麼。這裡種的全是甘甜多汁的溫州蜜柑。一開始原本是紀州蜜柑，但戰後便慢慢改為溫州蜜柑。因為還是溫州蜜柑比較受歡迎。」

「這裡的橘子樹全部重新種過，想必很辛苦吧。」

聽聞菜美的喃喃自語後，住持搖了搖頭。

「小姐，不是重新種過，而是用嫁接的方式。根和樹幹保持原樣，將溫州蜜柑的樹枝接向紀州蜜柑的樹枝上。妳在學校沒學過這個吧？」

「讓各位久等了。」

宗珍拿來一個大紙箱。裡頭各放了三個修枝剪和竹子編成的橘子籃。橘子籃呈圓筒狀，又寬又深，看起來可以放不少橘子。哪裡有賣這種東西？我發傳單時，用這種籃子應該會很方便。

華沙沙木馬上拿起籃子和修枝剪，鼻孔噴氣，視線在橘子園裡游移。

「不管摘再多顆都沒關係對吧？」

「是啊，任你們摘。」

住持開心的笑著，伸出大手，拍向一旁的橘子樹。在他拍打的勁道下，結實纍纍的橘子樹為之搖晃。

「就把這裡所有橘子全部當成是你們的吧。就算全部摘走，全部吃光，也都沒關係。不過，就算想要也辦不到吧。來，你們要什麼時候動手都行。我還有事要做，先告辭了。喂，宗珍。」

宗珍勤快的應了聲「是」，向我們行了一禮後，跟在緩步離去的住持身後。雖說是父子，但看他們似乎謹守著師徒的關係。

「先挑哪個好呢！」

華沙沙木抄起一把修枝剪，朝身旁的一顆橘子剪下。剝好皮後，仔細的將白色的橘子絲一根一根取下。他緩緩將一瓣黃澄澄的果肉送進口中，緊接著下個瞬間，他雙目圓睜，發出呻吟。

「好好吃……！」

「我看看。」

「我也要。」

黃豐寺的橘子真的很好吃。我們三人爭先恐後的分食那顆橘子，香甜多汁的果肉旋即一掃而空。我們馬上抄起修枝剪，開始各自採收橘子。一會兒放進籃子裡，一會兒剝來吃，同時你一言我一語的誇讚住持的好意和慷慨，我們走在橘子園間，盡可能找尋較大的果實。

不知摘採了多久。當我們將三個橘子籃都裝滿，肚子裡也都裝滿橘子時，住持再度前來。同時露出驚訝的表情。

「啊！」

住持巨大的上半身往後仰，朝我們的橘子籃和周遭的果樹來回張望，不發一語。

「……怎麼了嗎？」

我向他詢問，他雙臂盤向胸前，以宛如世界末日般的表情低語道：

「看來，你們做了不該做的事。」

「什麼？」

我……我……。住持嘴唇發顫，以沉痛的表情道：

「我得向你們收錢才行。」

空氣為之凍結。住持在凍結的空氣中展開說明——我確實說過，你們要摘再多橘子都沒關係。就算要全部吃光也行，吃不完打包帶走也可以。不過，我指的是……

「這裡的橘子。」

住持單手拍打著身旁的橘子樹。那正是一開始住持拍得果實不住搖晃的那棵樹。

「我不是清楚告訴過你們了嗎？」

竟然用這種騙小孩的把戲。多惡劣的手段啊。身為佛門中人，不，身為一個人，他這種行為實在令人不齒。我瞪視著住持，在心中吶喊。過去你讓我吃足了苦頭。但我還是……相信了你。只因為兩天前，你以兩萬兩千日圓買下我們的音響組，還以熱茶款待我，對我投以溫柔的微笑。你把我的心都踩碎了。這次我一定要跟你說個清楚。你錯了。身為一個人，你這種作法是不對的！

要不是這住持有著像山地大猩猩般的壯碩手腳，以及宛如岩石般的臉孔，我應該就會說出這句心裡話。不過，此時從我口中說出的話，卻聲若細蚊。

「請問，要收多少錢……」

兩萬兩千日圓，住持回答。

剎那間，缺了一角的拼圖全湊齊了。一幅鮮明的畫浮現在我面前。上頭畫的是住持平白得到他夢寐以求的音響組，露出惡魔般的笑臉。

「怎麼會……這麼卑鄙。」華沙沙木咬牙切齒的說道。

「卑鄙？」

本以為住持會略感怯縮，但沒想到他露出別有含意的冷笑，就像在說「你還真好意思說呢」，回了一句充滿神祕的話語。

「到底是誰卑鄙啊？」

這話是什麼意思？

住持冷然一笑，沉默不語，讓我們苦等良久後，他就像要給人致命一擊般，說了以下這句話：

「把客戶半賣半送的商品，以高價讓我買下的人，到底是誰啊？」

華沙沙木猛然轉頭望向我。

「日暮老弟，你連這種話都講啦？」

我無言以對，只能點頭。兩天前，我全身繃緊神經來到這裡，被住持那意想不到的和善態度所騙，因而不自覺的脫口講出實情，這是無法掩飾的事實。

住持不發一語的朝我伸出手，手掌朝上，手指頻頻勾動著。被逼入絕境的我，無技可施，感覺到背後冷汗直流，頹然垂首。

「我今天……沒帶錢包。」

這是我極力想出的謊言。其實我的錢包放在小貨車裡。住持暗啐一聲，正要開口說話時……

「啊，下雪了。」

菜美發出驚呼。不知何時已轉為昏暗的天空，飄下一片、兩片、三片雪花……當我們抬頭仰望時，雪花愈來愈多，逐漸將地面、橘子樹、我們的肩膀都染成了白色。

「糟糕，我在晾衣服呢。喂，宗珍！」

住持轉頭朝寺院大叫，但沒有回應。他再叫了一次，結果還是一樣。住持呼出粗重的鼻息，轉過身去。當時他瞄了我一眼，挑起單眉，就像在對我說「你逃不掉的」，我永遠忘不了那一幕。

我們就這樣被留在漫天飛雪的橘子園。

「華沙沙木……現在怎麼辦？」

他連看也不看我一眼，雙唇緊抿，沉默不語。

至於菜美，倒是難得這麼安靜。若換作平時，她應該會說「日暮先生，你真～的很不會做生意呢」，講到「真」那個字時，會暫時無聲，等間隔幾秒後才接著說底下那句話。此時她之所以沒這麼說，肯定是想起了那套音響組半賣半送的賣到我們店裡的那一天。

天空飄落的雪花以驚人的速度增加，將眼前的景致全染成雪白。我們逃也似的躲進一旁的橘子樹下。

（三）

「這場雪要是能早點停就好了。」

暖桌上擺了兩個茶杯，宗珍那留著青皮的光頭朝我們行了一禮，步出客廳。

正殿深處是住持他們平日生活的空間，我和華沙沙木把腳伸進暖桌裡，迎面而坐。

躲在橘子樹下沒多久，我們因為天冷以及吃了太多橘子，開始想跑廁所，而吃最多橘子的華沙沙木則是第一個兩腿夾緊跑離樹下的人。接著菜美和我也跑去借廁所。這時雪愈下愈大，於是住持對我們說，在雪變小之前，你們就先在這裡休息吧。雖然很不想受這位住持關照，但要是開小貨車載著菜美在大雪中行駛發生意外，那可萬萬不可。於是我們只好恭敬不如從命。

菜美此時正在正殿裡請住持教她彈吉他。聽走廊前方不時傳來的吉他聲，住持似乎真的會彈吉他，而且還頗具水準。

「日暮老弟……我們的停車場不能種橘子嗎？」

「種橘子？」

「是啊。你看嘛，我們那家店的生意一直不見起色。所以我才在想，也許我們也該思考如何才能自給自足。」

「不行啦，停車場是月租的。」

「偷偷種應該沒關係吧。就偷偷種在小貨車後面。」

「橘子樹照不到陽光行嗎？」

「兩位請吃羊羹。」

宗珍端著小盤子走進。

「啊，謝謝。宗珍，你對橘子樹的栽種法清楚嗎？」

「不，這方面我不太清楚。身為寺裡的人卻不懂，真是慚愧。」

「這樣啊，真是可惜。那麼，你這邊有植物圖鑑之類的書嗎？」

「圖鑑沒有，倒是有幾本國語辭典。」

可能是覺得聊勝於無吧，華沙沙木請宗珍拿過來。

「有廣辭苑、大辭林、大辭泉，您要哪一本？」

「咦，有三本啊？」

「是的，因為我很喜歡國文。我們這家寺院信眾不多，所以生活不能過得太奢侈，不過，只要是念書會用到的東西，家父什麼都會買給我，所以我就不自主的提出了任性的要求。」

宗珍似乎覺得有點難為情，白皙的臉頰露出微笑。

「哦，住持會這樣啊。好吧，那就麻煩你拿廣辭苑來吧。」

「好，馬上就來。」

宗珍行了一禮，正要走出客廳時，卻猛然停步，轉頭面向我們。

「請問……」

「嗯？」

「南見小姐……和兩位是什麼關係？」

「就只是朋友。你為什麼這樣問？」

經華沙沙木這樣反問後，宗珍陡然身子往後仰，回了一句「啊，不，沒什麼」，隨之離開客廳。從他忘了關的拉門縫隙，可以看到從走廊上離去的宗珍，耳朵紅得像長凍瘡似的。

「……戀愛哦。」

「……也許吧。」

我們互瞄一眼，各自拿起宗珍留下的羊羹。

我們環視屋內。暖桌旁擺著我兩天前送來的音響組。牆邊有一台映像管電視，不知為何，上頭擺了一顆橄欖球。不，那似乎不是真的橄欖球。它顯得特別光滑。我伸長脖子仔細查看，發現底下附著一個木製的台座，球的上方有個方形孔。似乎是存錢筒。之前他從我們這裡搶去的錢，該不會都放進這裡頭吧？存錢筒旁擺了一個木製相框，照片裡是一對面朝鏡頭微笑的男女。兩人都二十多歲。女子是位身材苗條的長髮美女。男子個頭高大，身穿像是制服的橄欖球衫，臉長得像鬼面一樣，威儀十足。

「他是住持。」

因為相片中的男子滿頭黑髮，所以我一時沒認出，但他確實是住持沒錯。呈現出虯結肌肉的橄欖球衫胸口，縫有白色的名牌，上頭寫著「立花」。

「啊，您是指那張照片嗎？」

宗珍手裡拿著廣辭苑走回。

「那是家父大學時代的照片。他好像是橄欖球隊的隊長呢。那是他們兩人結婚前拍的照片。聽說他們大學畢業後就登記結婚了。」

「咦，這麼說來，他身旁這位大美人是……」

華沙沙木話說到一半，宗珍面帶微笑的頷首。

「她當時是橄欖球社的經理，聽說是眾選手們的偶像。家父展開猛烈的追求，終於贏得芳心。就像偶像劇一樣。」

坦白說，我驚訝極了。沒想到住持的太太竟然是這樣的大美人。世事當真是無從捉摸啊。

「你真好，有位這麼漂亮的母親。學校參觀日當天，大家一定都很羨慕你吧？」

華沙沙木目不轉睛的望著照片問道，但宗珍就只是笑著搖了搖頭，不置可否。

「她已經不在了。二十年前，他們才剛結婚不久，她就因病過世了。」

「咦，是這樣啊。」

華沙沙木一時露出暗叫糟糕的表情，但旋即噘起嘴，重新打量著宗珍。

「……二十年前？」

「是的，我是養子。被父母拋棄，住在育幼院裡，是家父收養了我。」

他的口吻顯得極為平靜，所以華沙沙木一時反而不知如何回應。房裡陷入短暫的沉默，走廊前方傳來菜美那生澀難聽的吉他聲。

「抱歉，說了不該說的話。那我先出去了，如果有事，請儘管吩咐一聲。」

宗珍輕輕關上拉門，走出房外。

「哦～原來是在北美栽培出的……原來如此，雖然通稱是溫州蜜柑，但似乎有許多品種……」

華沙沙木以廣辭苑調查蜜柑時，我一直望著那個相框。住持已故的妻子，愈看愈迷人。雖然五官沒有明顯的特徵，但從她那烏黑大眼感受得出她是個重感情的人，要不是因病辭世，日後想必會是位好媽媽。這讓我想起自己那身染不治之症，身影日漸消瘦，死後被裝進白色骨灰罈裡的母親。要是母親在懷我之前被病魔入侵，我就不會誕生在人世了。相反的，如果相片中的女子不是年紀輕輕就喪命，宗珍也許永遠都不會有父親。這不是孰好孰壞的問題，我望著相框裡的照片，心想，這世上發生的種種事，如果都可以盡可能讓人們得到幸福就好了。

「菜美是想彈到什麼時候啊？」

「柑果蠅……柑橘類及其他植物的害蟲，身長6～7.5毫米……咦？」

「我是指吉他練習。她可真熱衷呢。」

「反正在雪停之前也不能回去，又有什麼關係嘛。你也別老坐著發呆，學學我和南見，做點有意義的事吧。找些尚未完成的事來做……未完？……啊哈。㉑」

這場雪該不會早停了吧？也許是為了提升暖氣的效率，客廳窗戶外頭都立起了防雨窗，所以看不到屋外的情況。我走出暖桌外，正想前往查看時，正好菜美走進客廳。

「啊，手指好痛。不過我現在已經很會彈了。雪好像變小了呢。」

「我看看。」

我打開窗，將發出木頭受潮氣味的防雨窗拉向一旁。

眼前頓時出現一道縱長的美景。

「嘩，好美！」

「嗯，挺有情趣的嘛。」

菜美和華沙沙木也來到我身旁。從防雨窗的縫隙間看到的景色，宛如一幅掛軸，而且是會發光的掛軸。似乎只有西邊放晴，在夕陽照射下熠熠生輝的雪花，覆滿眼前整個景致。泥土、石燈

㉑日文的「未完」與橘子的「蜜柑」，都唸作みかん（MIKAN）

籠、綻放紅花的山茶花樹，全都悄悄披上橘色的雪衣。我們三人忘了此時人在住持家的客廳，臉貼著臉，朝眼前的景致凝望良久。

最早發現的人是菜美。

「……我們回得去嗎？」

我和華沙沙木面面相覷。

「日暮老弟，小貨車上有雪鏈嗎？」

「沒帶。」

我試著想像通往這座寺院的「鬼怪路」覆滿白雪的模樣。那又長又窄的陡坡。——不可能。要是那條路上積雪，我們的小貨車絕對無法在上面行駛。

「這下糟了，日暮老弟，怎麼辦？」

「還問呢，得想辦法回去才行啊。因為菜美也在。」

「要不走路下山，然後改搭電車回去？」

「這附近沒有車站。」

「那就改坐公車吧。」

「一樣沒有公車站牌。連計程車都沒得坐。」

「計程車……！」

「我去找住持商量一下。」

說完後，菜美小跑步離開客廳。我本想跟在她後頭一起去，但華沙沙木迅速一把抓住我的手臂。

「日暮老弟，我們要是去的話，他也許會跟我們提雪鏈的租借費，或是告訴我們捷徑以收取費用。總之，我們在這裡等吧。」

我們在暖桌裡等候，過沒多久，菜美返回客廳。

「住持說可以。」

「太好了！」

華沙沙木高聲歡呼後，重新望向菜美。

「……他說可以怎樣？」

「可以在這裡過夜。」

「什麼？」

「我也打了電話給我媽，取得她的同意。起初她要我回家，但說到一半，住持接過電話替我說明。他說，要是勉強趕回去，路上遭遇意外可不好。結果我媽終於點頭同意。其實我還想請住持再教我吉他。好在路上積雪。住持還說，他有足夠的棉被。大家還可以一起吃晚餐。」

棉被費、晚餐費，還有住宿費。搞不好還有服務費。實在太危險了。住持還故意接過電話，說服里穗夫人讓菜美在寺裡過夜，這點也極為可疑。我們馬上起身想要開溜，但菜美接下來說的話，頓時令我們停止動作。

「我問住持，我們付不出錢，沒關係嗎？結果住持笑著對我說，沒關係的。」

（四）

「就算那名住持再怎麼黑心，也不至於欺騙年紀比宗珍還小的南見吧？」

「嗯……」

「反正我們也回不去，也只能這樣了。搞不好和住持混熟後，摘橘子的那兩萬兩千日圓就可以這樣蒙混過去。」

「嗯……」

在太陽完全下山前，雪已停了。

我和華沙沙木在正殿旁邊盤腿而坐，望著菜美和宗珍在玩雪。

「住持也許和我媽很像。我家也是只會買念書會用到的東西給我。像我的朋友們都會用自己的零用錢買衣服呢。」

「南見小姐，妳母親很替妳著想呢。」

兩人似乎已打成一片，正一起堆著雪人。

「是嗎。我只覺得她不愛我。」

「天下哪有不疼愛自己孩子的父母……」

正在滾雪球的宗珍，突然停下手中的動作。但他旋即露出笑臉，又開始滾起雪球。

「南見小姐，妳有母親在，已經很不容易了，得和妳母親好好相處才行。」

「對了，宗珍，妳母親在哪兒啊？」

「不知道耶，可能在某個地方吧。」

「在某個地方？」

菜美瞪大眼睛，四處張望。

「是的，在某個地方。」

宗珍以凍紅的雙手，拍打出雪球的形狀。

「傍晚的這時候，我向來都是坐在書桌前，已好久沒像這樣了。明天得把兩天份的進度補齊才行。嗨咻。」

宗珍挺起身子，將手中的雪球堆向原本只做出身體的雪人上頭，就此完成了一個體型圓滾滾，頭有點大的雪人。宗珍刨開腳下的雪，從地上撿起兩片潮溼的落葉，將它貼在雪人臉上，可能是用它來充當眉毛吧。雪人的長相因此顯得威儀十足。

「宗珍，你每天都這麼用功念書，真了不起。」

「因為我日後要當一名傑出的僧侶，報答家父的恩情。」

「什麼恩情？」

「養育之恩。」

宗珍說完後，菜美一面重新滾雪球，一面笑著。

「養育你是理所當然的事啊，因為他是你父親。真這麼說的話，那我也得每天用功念書，日後出人頭地才行。」

菜美還不知道宗珍是養子。我原本心想，我得出面說句話才行，但一時之間不知該說什麼才好。最後，反倒是宗珍開朗的笑聲早了一步。

「每個人的情況都不一樣嘛。」

菜美秀眉微蹙，為之納悶，但她沒再多問，將手中的小雪球擺向剛才完成的那個大雪人身旁。接著宗珍又做了另一顆雪球，疊在上頭，挖出細長的落葉，做成兩道八字眉。他們完成的是並排而立的一對雪人父子。太陽逐漸往山的另一頭傾沉，雪人父子、宗珍、菜美，這四道人影在雪地上往前延伸。我望著眼前這一幕，感覺略微能體會剛才住持在電話中努力說服菜美母親的心情。他應該是真的很擔心路上會遭遇事故。想到載著菜美的小貨車在積雪的坡道上出車禍，他一定是感到內心不安吧。沒有孩子的我，無法在第一時間馬上體會他這種心情。我甚至還懷疑他是想狠狠敲我們竹槓，真是對不起他。

住持此刻正在廚房準備晚餐。聽說打掃、洗衣是宗珍負責，至於三餐則是由住持一手打理。

「要是把橘子埋在雪中，不就成了冷凍橘子嗎？」

「不清楚耶。南見小姐，妳的想法還真有趣。」

一陣寒風吹來，我將大衣衣領兜攏。

「華沙沙木，我們之前被住持訛詐走的錢，如果最後都成了宗珍念書用的教材，或許也不壞。」

他沒回答。

「……華沙沙木？」

轉頭一看，只見他兩道鼻水直流，正哭個不停。只有嘴唇中央緊閉，兩旁嘴角卻是微微發顫，臉頰掛著兩行熱淚。我見狀後，也覺得鼻頭一酸，但旋即把臉轉開。華沙沙木落淚的原因，還有我想哭的原因，我不是很清楚。雖然不清楚，但我覺得今天這趟真是來對了。

「每個人的情況都不一樣。」

接著我和華沙沙木一直都保持緘默，直到太陽完全西沉。

（五）

住持做菜的手藝著實驚人。

他用的既非是特別嚴選的食材，調味也非特別講究，而且和室桌上擺的菜餚皆是再平凡不過的日式料理，但是那平凡的滋味絕妙至極，該怎麼形容好呢？那味道每吃一口，就會讓人意識到自己是日本人，打從心裡感到開心。

「你們平時到底都吃什麼啊？」

我和華沙沙木前傾著身子，猛吃眼前那一大盤馬鈴薯燉肉、醋味涼拌、牛蒡絲，住持見狀，挑起他那雙濃眉，一臉驚訝。我們覺得難為情，一度放慢筷子的動作，但維持不到三十秒。

「不過話說回來，你們運氣可真背。沒想到會下這麼一場大雪，讓你們有家歸不得，最近的天氣預報真是不可靠啊。」

「對了，華沙沙木，倉庫大門你鎖好了嗎？」

「在貼出暫停營業的告示時，我就已經鎖好了。」

我們開業沒多久，華沙沙木就搞丟了鐵捲門鑰匙，從那之後，我們一直都無法替倉庫大門上鎖，但自從春天發生那起「銅像縱火未遂事件」後，我們便加裝了新鎖。

「嗯？可是後來南見進倉庫裡拿吉他……」

思索片刻後，華沙沙木發出「啊」的一聲驚呼。

「我沒鎖！」

「應該沒關係吧。現在警察不是都在進行歲末打擊犯罪運動嗎？入夜後都會在街上巡邏。小偷也不會刻意挑在這種時候行竊。而且今天又下雪。」

大盤子裡的菜已所剩不多，我們的肚子也愈來愈鼓脹。

「這張照片裡的人，該不會是住持先生吧？」

菜美發現電視上的相框，我心裡暗呼不妙。若聊到照片，最後一定會提及宗珍是養子的事。

「沒錯，就是我。那時候我還有頭髮，而且很有女人緣哦。大家都叫我桃色前鋒。」

「你身旁這位美女是誰？」

「是我妻子。很早就病死了。」

「咦，她過世了？」

「是啊，婚後沒多久就過世了。喏，那邊不是擺了一個橄欖球造型的存錢筒嗎？那是在我們第一次，同時也是最後一次的結婚紀念日時，兩人一起買的。說是為了我們日後將會誕生的孩子，要從現在開始存錢。」

住持說話的口吻不顯哀傷。他眼尾浮起皺紋，朗聲說起前妻的事。

「這麼說來，夫人是在生下宗珍後不久就過世嘍？」

「對了，菜美。」

我忍不住出聲打岔，但住持搶先一步說道：

「不，小姐，不是這樣的。其實宗珍不是我的親生兒子。話說，如果有血緣關係，長相不會差這麼多吧？」

住持豪邁的大笑。坐在和室桌另一側的宗珍，也難為情的搔抓他那略帶青皮的腦袋。看到他們的模樣，我頓時對自己先前的瞎操心感到無地自容。

「原來是這麼回事啊。難怪宗珍會說他母親『在某個地方』。」

「因為可能真的在某個地方嘛。」

菜美與宗珍毫無顧忌的談著這件事，感覺這兩個孩子真是氣度恢宏。

「來喝茶吧……啊。」

住持要往茶壺裡倒熱水時，發現熱水瓶空了。他正準備離開暖桌，宗珍已早一步站起身。

「讓我來。」

「哦，麻煩了。」

住持面帶苦笑，目送兒子端著熱水瓶，開心的打開拉門離去的背影。

「真不知道將來該安心還是擔心呢。」

感覺我們好像成了他認識多年的親戚。這麼一來，住持也許就會忘了那兩萬兩千圓的事。

「飯後吃點橘子吧。我不會把帳記在今天那筆摘橘子的費用上，儘管吃吧。」

看來，世事果然無法盡如人意。

住持將擺在客廳角落的一個橘子籃拉向自己。裡頭放的是我們白天時摘採的橘子。以竹子編成的橘子籃，此時在房內細看後發現，已年代久遠。我問他這個橘子籃是否已用很久了，住持得意的頷首。

「雖然看起來不太起眼，但相當好用。如何，想要的話可以給你哦。雖說它是橘子籃，但用途可是很多樣呢。」

住持目光炯炯，就像感覺到有利可圖似的，我急忙搖頭辭謝。

不久，宗珍返回客廳，替大家重新泡茶。接著眾人在住持的吉他伴奏下，唱了幾首聖誕歌。

（六）

天亮後，住持態度不變。

他突然向躺在被窩裡沉睡的我襲來，直嚷著「兩、兩、兩、兩萬兩千日圓快交出來」，並使勁掐住我脖子。我死命扭動著，想從他手中掙脫，但我愈動，住持那粗大的手指愈是緊緊嵌進我脖子裡。我意識遠去，全身感覺逐漸流失，喜鵲二手雜貨店開業至今所發生的種種事，猶如走馬燈般，開始在我腦中旋繞，就在這時，我猛然驚醒。華沙沙木的腳就跨在我脖子上。

「你是想要我的命嗎……」

我使勁把他的腳推開，華沙沙木隨之以誇張的角度張開雙腿，但依舊沉睡未醒。

防雨窗的縫隙微微透著亮光。我們留宿的房間，就位在昨晚我們用餐的客廳隔壁。地上鋪了三床墊被，邊角略微重疊。交互傳來華沙沙木與菜美的呼吸聲，除此之外，再也沒其他聲響。周遭既沒其他建築，也沒主幹道的這座寺院，完全被靜謐所包覆。如此的寧靜，也可能是因為整面的積雪吸取了一切的聲響。

——不。

有聲音。好像是住持。一陣急促的腳步聲。同時也傳來宗珍的聲音。他們正緊張的交談著。

我站起身，正要打開拉門前往查看，但已沒這個必要。

「你們沒事吧？」

住持一把將拉門拉開。

「有沒有發生什麼事？你們的行李呢？」

我不懂他在說些什麼，後來詢問後得知，有小偷闖進寺裡。我急忙找尋自己的錢包，但沒找到。到處都找不到。這時華沙沙木和菜美也都醒來，經住持說明經過後，他們也找起了錢包，但始終遍尋不著。

「啊，不對。不是放在小貨車那裡嗎？」

菜美猛然想起。對哦，我們原本打算摘好橘子就回去，所以將錢包放在停車場的小貨車內。

「是嗎，那就好。」

住持從鼻孔重重吁了口氣。

「剛才我從正殿到四周巡視了一遍，停車場的雪地上沒看到腳印。小偷好像沒去過那裡。你們留在車內的錢包應該是沒事才對。……留在車內的錢包？」

住持似乎想起昨天我說沒帶錢包的事，真不知道這算是幸運還是不幸，不過現在不是談這個的時候。

「住持，你剛才提到小偷，是否有東西失竊呢？」

華沙沙木詢問後，住持蹙起眉頭，搖了搖頭。

「不，沒東西失竊。」

「那麼，這到底是……」

是有東西被破壞了，住持說。

「我最珍惜的東西。」

我們跟在住持身後走出房外。走過走廊，踩在冰冷的木地板上，穿過正殿後，發現宗珍站在前庭。他聽到我們的腳步聲，馬上轉過頭來，微微行了一禮，接著又以無比沉痛的表情望向地面。

「啊，那是……」

菜美從正殿的外廊探出頭，一時為之語塞。我們從她背後望向宗珍腳下，同樣說不出話來。褐色的陶器碎片，在脫鞋石外的雪地上散落一地。方形的木製台座倒在一旁。

「全都被毀了……」

住持的聲音中並未摻雜怒意。不過，那是落寞中帶有疲憊的聲音。

在雪地上散落一地的，是住持和他已故的妻子，在他們第一次，也是最後一次的結婚紀念日當天所買的存錢筒。

「似乎是在這裡打破，取出裡頭的錢帶走。」

聽華沙沙木這麼說，住持緩緩搖了搖頭。

「裡頭沒放錢。小偷可能以為裡頭有錢吧。」

「裡頭是空的嗎？」

但這次住持卻再度搖頭，並從作務衣懷中取出一張折好的白紙。

「裡頭放著我太太寫給我的信。剛才我發現它被隨手丟在雪地上。這老舊的情書帶走也沒意義，所以被丟在這裡。」

「有沒有其他損失？」

「好像沒有了。功德箱的鎖遭到破壞，不過裡頭的錢我早已取出，所以不會有問題。話說回來，小偷應該是發現功德箱裡什麼也沒有，才會潛入屋內吧。」

原來如此，確實有這個可能。

「小偷到底是從哪裡潛入屋內？」

「客廳的玻璃門貼著透明膠帶，鎖頭旁邊有一小塊玻璃被打破。」

聽住持說明，第一個發現屋裡遭小偷的人似乎是宗珍。昨天玩了一天，為了補上念書的進度，他天未亮就已起床。當他進廚房準備泡茶時，一陣風從客廳吹進。他覺得納悶，打開燈一看，發現防雨窗被打開，窗戶玻璃遭人打破，架子和衣櫃都有被翻動過的痕跡。但現金和值錢的東西都沒放在這些地方，看起來似乎沒有財物上的損失。他正想離開客廳去叫醒住持時，發現那個存錢筒不見了。宗珍叫醒住持，兩人前往各個房間查看。這才在正殿外發現那個被砸個粉碎的存錢筒。

「快點報警……」

幾乎在我開口的同時，住持已舉起手制止了我。

「這種小事用不著報警。反正也沒什麼損失。」

「可是，就算沒有損失……」

「沒有損失。」

他以略微強硬的口吻又重複了一遍。接著雙眉垂落，有氣無力的苦笑著。

「那種東西，就算我一直擺在那裡珍藏，也沒多大意義。」

「爸……」

宗珍緊咬著嘴唇，眼眶噙著淚水。

我們站在寒風狂吹的正殿，久久都沒人開口。不久，住持緩緩赤腳走下脫鞋石，弓著他那巨大的身軀，靜靜撿拾存錢筒的碎片。

「可惡的宵小。」

華沙沙木表情嚴峻的瞪視著前庭。由於昨天玩雪，地面被踩得一片凌亂，看不出雪地上是否留有嫌犯的腳印。不過，就算留下了腳印，這裡樹木眾多，枝葉底下沒有積雪，柔軟的落葉覆蓋了地面。要是嫌犯踩向落葉處，就不必顧忌會留下腳印。樹木沿著寺院邊緣，一路往後方的橘子園綿延。可以從那裡走進山中。想要追查嫌犯的行蹤，不是外行人所能辦到。

住持撿完碎片後，重新面向我們。

「這樣就夠了，這件事就到此為止吧。這裡很冷，你們最好到客廳坐進暖桌裡取暖。雖然玻璃窗被打破，但只要關上防雨窗，風應該就吹不進來。我稍後會準備早餐。」

雖然住持這麼說，我們還是站著不動。但住持以他厚實的手掌在我們背後推著，不得已，我們只好照他的話做。華沙沙木走在走廊上，表情凝重，口中唸唸有詞。

「只差一步了……」

我聽到他說了這句話。

哪是只差一步啊，這次應該真的只是遭小偷吧。拜託，你別胡思亂想好不好，我望著華沙沙木的側臉，心中如此默禱。

（七）

然而，他終究還是胡思亂想了。

「將軍！」

早餐還沒準備好，華沙沙木就已如此宣布。

「華沙沙木先生，你看出什麼了嗎？」

「我全看穿了！」

他雙眼滿溢興奮之色，雙手在胸前不住顫抖，就像發高燒而胡言亂語的說道。

「這次的事件並非單純只是竊案。不，非但如此，打破客廳玻璃窗，將存錢筒搬出屋外砸碎的，也不是小偷。」

我不懂他話中的含意，隔著暖桌望向華沙沙木。

「可悲啊……真是太可悲了。我非得將這可悲的真相攤在陽光下不可嗎？不，也許沒那個必要。或許我保持沉默反而好。可是……我一定得告訴當事人才行。我有必要告訴他，曉以大義。」

「華沙沙木，你——」

「日暮老弟。」

他猛然抬頭，朝我投以犀利的目光。

「你可以請宗珍來一趟嗎？我有話得跟他說。」

我略感焦急。因為我完全猜不出華沙沙木在想些什麼。

「華沙沙木，這到底是怎麼回事？好歹給我個提示吧。」

「提示是嗎，好吧。」

華沙沙木坐在暖桌對面，就像要讓自己頭腦冷靜下來似的，合上眼，噘起嘴緩緩吐了口氣。

「我有三個提示，首先是『橘子籃』。接下來是『國語能力』、『住持的聲音』。」

愈聽愈迷糊了。橘子籃？國語能力和住持的聲音又是怎麼回事？

我朝菜美瞄了一眼。她正筆直的望著華沙沙木的雙眼，似乎努力想要理解他話中的含意。我該怎麼辦才好？怎麼辦？我不能讓菜美失望啊。

「宗珍現在應該很忙。把他找來這裡，怎麼好意思呢。」

我試著這麼說，以爭取時間。結果華沙沙木竟然霍然起身，伸手搭向房間拉門，我根本來不及阻擋。

「既然這樣，我直接去找他。我得盡早解開他的誤會才行。」

他的誤會？

「咦？喂！」

華沙沙木走出房外，我急著想追向前去，卻被暖桌的電線絆倒。

（八）

「請問您這是……」

華沙沙木先向宗珍低頭行了一禮，說了一句抱歉。

「我希望你能明白，這並非出於我本意。不過，有件事我還是非做不可。要我對犯罪坐視不管，獨自安穩的過日子，我實在辦不到。」

我和菜美吞了口唾沫，緊盯著他們兩人。緊閉的拉門前方，傳來住持準備早餐的聲音。我們四人圍站在房間中央的暖桌旁。

「您剛才提到犯罪？」

「就是你。」

華沙沙木的眼睛變得扭曲，一副泫然欲泣的模樣。

「你做出打破存錢筒的罪行。」

宗珍倒抽一口氣，為之瞠目。

「華沙沙木先生，我——」

「我明白。」

華沙沙木的右手迅速一揮，就像要打斷對方的話似的。

「你不是因為貪財或惡作劇才做那種事。你心中的感受，我自己也有相當的了解。在推理出這次事情的真相時，我試著想像。如果我站在你的立場會怎麼做。結果我想到的答案是……」

也許是因為淚水盈眶而出，華沙沙木用力閉上眼睛，接著痛苦的睜開眼，繼續說道：

「我可能也會和你做出同樣的事。」

自從華沙沙木將宗珍帶進這個房間後，我便打消了阻止他的念頭。因為菜美也在場。在她面前否定華沙沙木，我實在辦不到。不過，我打算等華沙沙木說明完一切後，再巧妙的將宗珍帶離華沙沙木身邊，然後對宗珍說，剛才那是華沙沙木開的玩笑。華沙沙木特有的誇張動作，有時候看起來確實很像在演戲，而且他這次展開的推理，聽起來很不合理，所以我說他是在開玩笑，這個謊言或許行得通。

「宗珍，我想先告訴你一件事。」

原本獨自沉思的華沙沙木，此時再次開口。

「你誤會住持那句話的意思了。」

「家父的話……？」

「沒錯，也就是說……」

華沙沙木先是緊抿雙唇，接著毅然望向對方。

「橘子籃這句話所指的含意。」

到目前為止，我還是摸不透華沙沙木在想些什麼。

「日暮老弟。」

「咦？」

「你還記得昨天的對話嗎？我們在客廳吃晚餐時，聊到關於橘子籃的事。」

我試著回想。昨晚聊到橘子籃的話題，記得好像是桌上的菜已吃得差不多，宗珍端著熱水瓶前往裝熱水時的事。由於客廳裡的橘子籃看起來很老舊，所以我問它是否已經用很多年了，住持一臉得意的頷首。

——雖然看起來不太起眼，但相當好用。如何，想要的話可以給你哦。雖說它是橘子籃，但用途可是很多樣呢。

「想起來了對吧？」

華沙沙木嘴角輕揚。

「宗珍隔著拉門聽到當時的對話。而且他沒聽到你的低語聲，只聽到住持的聲音。」

「可是，那又——」

「宗珍誤以為住持口中所說的『橘子籃』指的是他自己。」

我愈聽愈糊塗了。坐在我身旁的菜美也聽得目瞪口呆。倒是宗珍不知為何，一直緊閉雙唇，靜靜望著天花板。

「日暮老弟，你可以翻閱一下那本廣辭苑。」

華沙沙木伸手指向擺在暖桌旁的廣辭苑。他昨天向宗珍借來這本書後，就這麼擺在那邊。

「你查查看『橘子籃』的解釋，這樣你就會明白我說的意思了。」

「查『橘子籃』的解釋？」

我翻開廣辭苑，菜美也把臉湊過來窺望。

「味感……蜜柑……蜜柑科……有了，『橘子籃』[22]。」

我暗吃一驚。

【橘子籃】（因爲人們常將孩童放進橘子籃裡丟棄）意指棄兒。

「就是這麼回事。」

華沙沙木神色哀戚的仰望天花板。

「宗珍的國語能力傑出，所以知道『橘子籃』這句話的含意。日暮老弟，你可以試著把住持說的『橘子籃』那部分替換成『棄兒』。隔著拉門聽到這句話的宗珍，心裡會有多難過，你應該

[22] 在日文中，味感、蜜柑，都念作みかん（MIKAN）。

能體會才對。」

竟然有這種事。我完全不知道橘子籃一詞有這個含意。難怪我猜測不出他的推理。

「要不是昨天我用辭典查橘子的含意，應該就無法查出這次事件的真相。」

華沙沙木轉身面向宗珍。

「你隔著拉門聽見住持那句話所感受到的哀傷，很快便轉為冰冷的嫉妒。你將嫉妒的矛頭指向那個存錢筒。住持和他的妻子在第一次結婚紀念日買來，為了替他們日後將誕生的孩子存錢用的存錢筒。」

華沙沙木望向電視上方。上頭微微積了一層灰，留有一個方形台座的痕跡。

「你的心情我懂，也替你感到難過。對你來說，存錢筒可能就像住持的親生兒子般。而你平時肯定就對它抱持著某種憎恨。而就在那時，你聽到住持那番話。自己被稱作橘子籃，而且還說了很難聽的話，例如看起來不起眼，但相當好用之類的。然而，那個存錢筒卻被當作寶貝般，擺在那麼顯眼的地方當裝飾。你心中的嫉妒心逐漸膨脹。大到連你自己都無法控制。於是你趁大家都入睡後，悄悄起床……」

就像不忍心再說下去般，華沙沙木單手抓住自己額頭，另一隻手則是粗魯的往空中一揮。

「犯案後，你極力想掩飾自己的罪行。你破壞功德箱，打破客廳的玻璃，假裝成是小偷所為。」

宗珍表情不變，一直靜靜注視著獨自說個不停的華沙沙木。

「其實你誤會了。」

華沙沙木語帶嘆息的說道。

「宗珍，你誤會了。住持所說的『橘子籃』，其實真的是指『橘子籃』。我們在場的三人可以向你保證。我沒騙你。宗珍，住持真的把你當親生兒子看。像什麼長得不起眼、好不好用之類的話，他絕對不會說的。因為你們是一起生活這麼多年的家人，是父子啊。」

華沙沙木的話到此結束。

我真是服了他。我萬萬沒想到他提出的「真相」竟是這般沉重。待會兒我有辦法開口跟宗珍說，華沙沙木講的都是玩笑話嗎？恐怕就連宗珍也會發火吧。

「我說宗珍啊……」

沒時間再磨蹭下去了，我出聲叫喚，想這就把宗珍帶出房外。但宗珍早我一步展開行動。他在華沙沙木面前手腳併攏，擺出立正姿勢，靜靜低頭行禮說道：

「您說的一點都沒錯。」

「咦？」

我不禁叫出聲來。

「是我做的。我誤會家父的意思，砸壞那個存錢筒。一切就像華沙沙木先生說的那樣。」

現在是什麼情況？到底是怎麼回事？許多問號在我腦中形成強烈的漩渦。但我明白，答案只有一個。

華沙沙木的推理說中了。

「華沙沙木先生，這件事請您不要對家父——」

「我當然不會說。」

華沙沙木的嘴角浮現溫柔的笑意。

「這次發生的事，就當作是小偷幹的吧。」

宗珍就像鬆了口氣似的，微微吁了口氣。

奇怪。太奇怪了。

首先，華沙沙木的推理說中真相，這本身就很奇怪。不可能會發生那麼離譜的事。「橘子籃」有「棄兒」的含意，這件事我第一次聽聞，但宗珍隔著拉門誤聽住持說的話，砸毀存錢筒，這怎麼可能呢？

之後宗珍默默走出客廳，不久，住持端著鍋子和盤子走進客廳。吃完住持精心準備的早餐後，我們三人圍坐在暖桌旁。住持和宗珍似乎在正殿誦經。

「今天和昨天截然不同，暖和多了，所以應該很快就會雪融吧。也許一到下午就能回去了。

啊，因為飯後橘子的關係，我又想上廁所了。恕我先告辭一下。」

華沙沙木邊說邊走出暖桌。

「日暮老弟，你剛才有沖水吧？」

「沖過了。」

剛才我說要上廁所而離開客廳，其實是騙人的。我暗中向人在正殿用抹布擦地的宗珍詢問，剛才他說的話是否屬實。宗珍不敢直視我的眼睛。

——總之，是我做的就對了。

他只回了這麼一句。

奇怪。果然很奇怪。

「日暮先生，很奇怪呢。」

耳邊傳來這個聲音，我為之一驚。

「我有點想不透。」

菜美茫然望著電視畫面，如此低語道。聽她對華沙沙木的推理提出質疑，令我驚訝。

「可是，華沙沙木都那麼說了，而且宗珍也承認了啊。」

就像沒聽到我說的話似的，菜美沒有答腔。接著她突然問了一句。

「日暮先生，你怎麼看？」

「我？我沒什麼想法。因為華沙沙木都那麼說了……」

「我問的不是華沙沙木的想法，是問你怎麼想。」

坦白說，我整個人都慌了。因為我完全沒料到菜美會提出這樣的問題。見我沉默不語，她突然將視線移向暖桌的桌面，聲若細蚊的說道：

「日暮先生，你不振作一點不行啊。」

我不禁重新望向她的側臉。她似乎也對自己剛才那句話感到吃驚，猛然抬起頭來，呵呵輕笑。

「抱歉，沒事。」

（九）

果然一如華沙沙木所料，雪很快就開始融化了。

我們在上午時前往向住持告別。

「歡迎隨時再來用餐。看來，你們平時都沒吃什麼像樣的東西呢。」

住持站在原本存錢筒碎片掉落的地方，送我們離去。由於他剛誦完經，仍穿著袈裟。而立在前庭的那對雪人父子，已變得又瘦又扁。雪人爸爸那對濃眉垂落，雪人孩子的八字眉垂得更低。

「宗珍，好好跟客人道別啊。」

宗珍原本在一旁望著地面，沉默不語，住持往他背後一拍，他急忙向我們低頭行禮。

「各位再見。」

他的視線一度投向揹著吉他的菜美，但旋即轉開。

「啊，對了。如果不會成為各位負擔的話，就把橘子帶走吧。就在那邊。」

昨天的橘子籃並排放在正殿門口。

「光我和宗珍兩人，也吃了不那麼多。你們愛帶多少，就帶多少。」

這時住持發現華沙沙木神情有異，哼了一聲後接著道：

「不會收你們錢的。順便告訴你們一聲，昨天說要收你們兩萬兩千日圓，那只是一句玩笑話。」

他那開朗的笑聲彷彿已拋卻什麼煩惱，在冬日晴空下迴盪。真的一開始就是在開玩笑嗎？還是因為某個原因而改變心意呢？我無從得知。

「啊，我想到有一件事和橘子有關。」

菜美雙手一拍，揹著吉他朝那對雪人父子走去。接著她朝那兩個雪人中間蹲下，開始雙手在融化的冰雪中刨挖。

「咦，果然還是不行。」

她一臉遺憾的說道，從雪中取出一顆橘子。

「果然還是沒辦法變成冷凍橘子。就只是變得很冰而已。」

「……冷凍橘子？」

宗珍張大著嘴，望著菜美。就這樣持續數秒後，他像在思考什麼似的，頻頻眨眼，接著大叫一聲「咦！」。

「南見小姐，妳什麼時候埋了那個東西？」

「昨天晚上。大家都睡著後，我想到這個點子，就起來埋了這顆橘子。本以為可以做成冷凍橘子呢。」

「咦——！」

他驚訝的模樣非比尋常。而他臉上驚訝的表情逐漸轉為錯愕，接著就像是對自己鑄下大錯深感後悔般，緊緊咬牙，不住搔頭。

「冷凍橘子……原來是冷凍橘子啊……」

宗珍從齒縫間傳出這句喃喃低語後，緩緩抬頭望向華沙沙木。

「我——」

「等一下！」

我連忙加以阻止。

「宗珍，你來一下。」

「日暮老弟，怎麼啦？」

「我有話要跟他說。不，也沒什麼重要的事啦。華沙沙木，不好意思，你可以和菜美一起挑些橘子帶回去嗎？」

「可以啊……」

我硬把宗珍帶往樹叢邊，開門見山的問道：

「宗珍，你該不會以為是菜美砸壞存錢筒吧？」

宗珍沒答話，就只是低著頭。

「如果是我猜錯了，你可以告訴我一聲嗎？你昨天半夜看到菜美偷偷來到庭院對吧。到了天亮時，你發現存錢筒遭竊，而且還被砸破，所以你猜是菜美幹的。是不是？」

猶豫片刻後，宗珍點頭。

「昨天南見小姐……抱怨她母親都不給她零用錢，說她很希望有錢可以自己買衣服。」

原來如此。原來是這麼回事啊。

華沙沙木的推理果然有誤。偷走存錢筒砸壞的人是小偷，先前宗珍只是順著華沙沙木的話而已。現在既然知道偷走存錢筒的人不是菜美，他肯定是想讓菜美知道真相。希望菜美明白，他不是一個會破壞父親心愛之物的人。可是，要是他公開此事，這次華沙沙木的推理就穿幫了。不，他的推理沒一次準。

「你想讓菜美知道事情的真相對吧？」

雖然答案再清楚不過了，但我還是向他詢問。然而宗珍卻輕咬著嘴唇，視線投向地面，做出我意想不到的回答。

「不……不用了。」

「咦？」

「不用說沒關係，就這樣吧。」

「可是菜美會對你有誤會哦。」

我不懂他真正的想法。

「喂，日暮老弟，蒂上頭帶著葉子的小橘子，以及沒有葉子的大橘子，哪個比較好啊？」

華沙沙木從正殿前方高聲問道。

「那不重要啦，兩種都好。」

「咦？」

「我說，兩種都好。」

「聽不到。你的聲音……啊！」

華沙沙木正準備朝這裡走來時，一不小心打翻了橘子籃。許多橘子從籃裡飛出，滾落一地。

「可惡，滾到外廊底下了……喂，日暮老弟，你也來幫忙撿吧。都是因為你才會打翻的。」

不得已，我只好走回正殿。我邊走邊在腦中思索，這種情況該怎麼善後才好。在雪水和泥巴摻和在一起的地面上，原本表皮光亮的橘子，這下全沾滿了泥巴。

「日暮老弟，你可以幫忙撿滾到外廊底下的橘子嗎？」

「你幹嘛不自己撿。」

「因為你個頭比較矮嘛。」

我蹲下身，往正殿的外廊底下窺望。

這時，我聽到細微的聲響。

我好像聽到了什麼。

我朝暗處定睛凝望。黑土上有三顆橘子，不，是四顆，散落各處。柱子之間布滿了蜘蛛網，當中有些被弄破，如同灰色的破布般垂落。——為什麼蜘蛛網會被弄破？就在我感到納悶時，我再次聽到某個聲音。這次是清楚傳進耳中。非但如此，還看到黑暗的前方有東西在移動。那是什麼？看起來像是人的形體。不，怎麼看都像是人。

「小偷！」

我反射性的大喊。

「找到了！找到了，在這裡！」

我深信那道人影肯定就是撬開功德箱的鎖，打破客廳玻璃窗潛入屋內，偷走存錢筒的小偷。原來他還躲在這種地方。他可能是深夜時潛入寺內行竊，在打破存錢筒時，宗珍剛好起床，而且馬上就叫醒住持，兩人開始在寺院內外巡視，小偷不得已才會躲在外廊底下。然後就此苦無機會逃脫。因為他不知道住持、宗珍，還有我們什麼時候會到屋外來。

那道黑色人影以飛快的速度從外廊底下的暗處遠去。當我回過神來時，已為了追趕他而衝進那又窄又臭又不衛生的空間裡。可惡的宵小。砸毀住持心愛存錢筒的壞蛋。對方在我前方十公尺處爬行，緊接著突然改變方向，想從建築物旁竄出。

「左邊！他想從左邊逃走！」

我馬上高聲叫喊，外頭四人的腳步聲頓時往左邊聚集。小偷一個轉身，這次改往建築的另一側而去。我大喊「右邊！」外頭四人也急忙趕往右邊。小偷暗啐一聲，出言咒罵，馬上又改變方向，朝剛才我爬進的地方筆直前進。

「正面！正面！」

外頭四人的腳步聲糾纏在一起，重新往回奔向正面的方向。但他們還沒來得及趕往建築物正面，小偷已早一步爬出外廊底下。

「啊，逃走了！」

「休想逃！」

傳來華沙沙木與住持的聲音。我拚了命在地上爬行，當我好不容易爬出外廊底下時，小偷跑遠的背影離我約二十公尺遠。華沙沙木等四人旋即追向前去。照這樣來看，應該能逮著小偷。但這時華沙沙木他們就像突然遭遇大地震般，紛紛失去重心，跌落地面。原來是地面的橘子。似乎是被剛才華沙沙木撞翻的橘子給絆倒。小偷轉頭瞄了一眼，露出開心的奸笑。不過話說回來，小偷戴著口罩和墨鏡，十足小偷的賊樣，所以也不知道他是否真的在笑。

我縱身越過在地上纏在一起的四人，往前疾奔而去。但融化的雪水和泥巴纏住我的腳，我與小偷的距離愈拉愈遠。對方已穿過寺院大門，跑在「鬼怪路」上。要是坐上小貨車追向前去，應該能追上他。但這時候我要是跑往停車場，對方恐怕早跑遠了。

啪啪啪啪啪——背後接連傳來聲響。

噠噠噠噠噠——這聲響急速朝我接近。

「閃開！」

在我回頭望的同時，從衣服下襬露出毛茸茸雙腿的住持，正以驚人的速度從我身旁奔過。他右手腋下夾著某個白色的東西。是雪人的頭——從大小來看，應該是雪人孩子的頭。原本應該是圓形才對，但現在它卻呈現出近乎橢圓的外形，我見狀後立即明白，剛才聽到啪啪啪的聲音，原來是住持在拍打雪人的頭部，想將它拍得更加緊實的聲音。

這時，跑在我面前的不是住持，而是昔日在球場上叱吒一時的桃色前鋒。他已故的妻子在天之靈要是看到這一幕，想必會感到無限懷念吧。

「喝！」

伴隨著一聲粗獷的吆喝，住持右手使勁一揮。他那宛如彈簧般彎撓的身軀，鼓足全身之力，灌注於右臂，雪人的頭就此往前飛去。有個比喻叫作「迅如飛矢」，但此時雪人頭部飛行的速度遠超乎這樣的形容。那橄欖球狀的物體猶如內建小型引擎般，不是呈拋物線前進，而是筆直的破空而去，朝小偷展開追擊。

只聽得砰的一聲，雪球在小偷後腦爆裂。他雙腳一時浮離地面，身子隨之在空中往前傾，以幾乎和路面平行的角度跌落。他跌落的模樣似乎很痛，但小偷好像在雪球擊中後腦爆裂的瞬間就已失去意識，所以應該是沒感覺到疼痛才對。

（十）

「啊，小偷醒了。」

被打進正殿裡的小偷，約莫十分鐘後醒來。口罩和墨鏡下的那張臉，約六十歲左右的年紀。長相很普通。

經住持詢問後得知，果然如我所料，他是為了偷香油錢而在深夜潛入寺內。但因為功德箱裡空空如也，所以他才打破玻璃窗潛入客廳，翻找架子和碗櫃，但現金和值錢的東西始終遍尋不著，不得已，只好就近拿了存錢筒就跑。由於存錢筒體積頗大，小偷來到前庭後，以脫鞋石的邊角打破它，打算只帶走裡頭的現金，但放在裡頭的竟然不是現金，而是折好的信紙。滿心以為會有萬圓鈔或千圓鈔的小偷，就此呆立原地，這時宗珍和住持在寺內叫嚷了起來。由於兩人的腳步聲逐漸逼近，小偷一時心慌，便躲進外廊底下。就這麼遲遲找不到機會逃脫。

「可是，你怎麼會挑這種深山裡的寺院下手呢？」

「因為街上……到處都有警車在巡邏。」

經這麼一提才想到，最近正好在推動歲末打擊犯罪運動。

住持逼問他的來歷，小偷始終板著臉不說話，只說出他的名字。

「我叫鳩山……直人。」

我心中為之一驚。

口罩加墨鏡。名叫鳩山直人。好像在哪兒聽過這個名字。我思忖了片刻，終於憶起。

「你現在用的名字當然是假名，你以前是不是用過福田純一郎這個假名？」

小偷吃了一驚，從反應一看便知。

「今年春天，你從某個大戶人家那裡偷了一尊飛鳥造型的銅像對吧？」

小偷又是同樣的反應。

這世上有所謂的偶然，當時的小偷，似乎就是眼前這名小偷。當時好在有你的幫忙，我心中如此低語。當初正因為有他幹了那件事，那個人才得以獲救。不過話說回來，這名男子或許沒有當小偷的才能。

「日暮老弟，你說的飛鳥銅像是……」

「不，那件事就交給警察去辦吧。」

我含糊帶過。

「飛鳥銅像……好像在哪兒聽過呢。」

華沙沙木說著蠢話，皺著眉頭，側頭尋思。

因為這名小偷的登場，證明華沙沙木的推理失準，但他只說了一句「這真是我這輩子最大的失算啊」，似乎沒受到多大打擊。一定是他這個人骨子裡就是這麼不負責任。菜美也是，她似乎認為，原來華沙沙木的推理偶爾也會失準啊，反而對他流露出欽佩之色。看來只有我在瞎操心。

過沒多久，住持報警，警車趕到，隨之將小偷帶走。

小偷的下場如何，就不得而知了。

住持與宗珍再次於正殿前送我們離去。

菜美揹著吉他，華沙沙木拎著滿滿一袋他親自洗去汙泥的橘子。

這件事理應就此落幕，但有件事我一直很在意。那就是宗珍得知是自己誤會菜美偷走存錢筒時，他所展現的態度。

——不用說沒關係，就這樣吧。

為什麼他想揹黑鍋呢？

後來宗珍自己告訴了我答案。

就在我們向住持鞠躬，準備離開寺院時——

「我……」

他突然主動告白。就像忍耐許久的事，終於再也無法壓抑般。他沒說任何開場白，就只是漲紅著臉，維持立正姿勢。

「那、那個存錢筒，其、其、其實我一直都很討厭！」

「宗珍……？」

「我總是聽爸爸你無比懷念的聊著妻子的事，心裡覺得既難過，又不甘心。所以我很不喜歡看到那個擺在電視上的存錢筒。」

宗珍突然淚如泉湧。

「我討厭爸爸你說那裡頭放著以前的情書，然後瞇起眼睛，深情的望著它。華沙沙木先生說我把那個存錢筒看成是爸爸的親生兒子，對他感到憎恨。他說得沒錯。確實如此。我一直認為，要是沒有它就好了。因為我不是爸爸的親生兒子！和爸爸沒有真正的血緣關係！」

所以、所以……宗珍如此說道，纖細的喉嚨在發顫。

「所以，當我知道小偷潛入將它打破時，我心裡其實很高興。我很高興！」

宗珍隨之在原地放聲大哭。雙手垂放在身體兩側，仰望著天空，抽抽噎噎。

原來是這麼回事。

我終於明白宗珍願意揹黑鍋的原因了。對他來說，打破存錢筒的人不論是小偷還是他，都一樣。因為宗珍一直期望它能消失不見。當它真的消失時，宗珍心裡很高興。

「宗珍。」

住持語氣平靜的叫喚。但宗珍對此置若罔聞，一直嚎啕大哭。這時，住持深吸一口氣，以幾欲將在場所有人耳膜震破的響亮聲音，再次叫喚他兒子。

「宗珍！」

宗珍就像痙攣般，身子為之一僵。他嘴巴微張，戰戰兢兢的仰望他父親的臉。住持慢條斯理的轉身面向兒子。此時風聲、樹葉的沙沙聲、遠方的鳥叫聲，全都靜默無聲，四周一片闃靜。只聽得到住持那低沉、深厚、平靜的低語。

「用不著哭。」

住持以無比嚴峻的眼神注視著兒子。

「宗珍，人只有在發生無法挽回的事情時才可以哭。所以你用不著哭。不應該哭。……明白了嗎？」

宗珍就像要努力思索他這番話的含意般，雙肩上下起伏，不住喘息，定睛回望住持的臉。不久，他嘴唇輕顫，小小的下巴往內縮，微微頷首。

住持緩緩把手伸進懷中。

「這個給你看。」

住持拿出的是原本放在存錢筒內的信紙。

「這封信確實是我已故的妻子寫給我的情書。不過宗珍，收信人不是我，這封信是寫給我和你的。」

宗珍感到不可思議，頻頻眨眼。住持小心翼翼的打開信紙，緩緩遞向宗珍面前。那是要他閱讀的動作，但宗珍反射性的身子往後仰，把臉轉開，所以住持嘆了口氣，把信移向自己面前。

「其實我很希望能和你一起同偕到老，但真的很遺憾。最近我終於也死心了，明白自己得的是不治之症，無可奈何。」

住持以單調，但充滿溫情的聲音緩緩說道。

「我要拜託你一件事。你喜歡小孩，所以我死後，請你一定要再婚，生下自己的孩子。請不用顧忌我。我會在遙遠的彼方守護著你、你新娶的妻子，以及你的孩子。請你一定要一家和樂的生活。時而吵架，時而談笑，要永遠歡樂的生活。不知為何，我總覺得日後你要是有孩子的話，應該會是男孩。就各種層面來說，我希望會是這樣。如果真的是男孩，你們一定會是一對好父子。就算不是我的孩子，我也很期待能在天國看著你們。我真的很期待。」

唸完後，住持照著上面的折線輕輕折好信紙，又收回懷中。接著向低頭沉默不語的宗珍詢問。

「你喜歡吃橘子對吧？」

突然問這麼一句奇怪的話，宗珍抬起滿是溼淚的臉龐。我們也不懂住持這句話的含意。

「宗珍，你聽好了。我曾經告訴過你，橘子樹是藉由嫁接來繁衍的。我們橘子園裡的橘子樹，雖然樹枝上結果的是溫州蜜柑，但它的樹根和樹幹卻不是溫州蜜柑，而是紀州蜜柑。不過還是很好吃對吧？」

宗珍頷首。

住持溫柔的以手掌搭在兒子那光溜溜的腦袋上。

「宗珍，你自己想想看。要是那好吃的溫州蜜柑為了自己的樹幹和樹根不是溫州蜜柑而煩惱，你會不會很想笑它呢？」

宗珍沒回答，就只是緊抿雙唇。

「如果是我，就會笑它，還有，要是我自己是紀州蜜柑的話，我應該會大為光火。我不會想笑那顆煩惱的溫州蜜柑，而是想痛罵它一頓。」

雖然住持的表情和口吻都很平靜，但他當時一定在心底痛罵宗珍。宗珍似乎也明白，他定睛回望父親雙眼後，靜靜的低頭行了一禮。

久久都沒抬起。

「我的推理果然沒錯……」

「咦，你說什麼？」

「宗珍果然很想砸破那個存錢筒。就和我推理的一樣，不是嗎？」

「啊，對耶。」

「真不愧是華沙沙木先生。」

菜美如此說道，也不知道她這句話是不是出自真心，華沙沙木嘴角輕揚，露出開心的表情。

也差不多該送菜美回家了。剛好停在正殿屋頂上的烏鴉發出叫聲，我們趁這個機會，第三度與住持他們道別。但這次就只是微微點了個頭，住持也以輕鬆的態度回禮。宗珍顯得很難為情，不過他還是禮貌周到的向我們鞠躬。

在前往停車場的途中，我突然想到一件事。

「對了菜美，那是什麼意思啊？」

我悄聲問道。

「今天早上在客廳時，妳不是說過，日暮先生，你不振作一點不行啊。」

菜美應了聲「哦～」，面向前方，望向踩著意氣風發的步伐走在前方的華沙沙木背影。先是沉默了一會兒，接著輕笑幾聲說道：

「這種小事不用太計較啦。」

到最後，我還是沒能弄明白。

我也不是沒懷疑過，不過，一旦開始有這樣的懷疑，就得把過去發生過的種種事全都重新推想過一遍才行，所以我決定拋下心中的疑問。

「日暮老弟，可以請你去貨架上顧好這些橘子嗎？」

「又是去貨架上。」

「我會盡可能開慢一點。」

在爬上貨架前，我轉頭望了黃豐寺一眼。沒看到住持和宗珍。寺院的屋頂還留有零星的殘雪，最靠近前方的一塊殘雪，正好往前庭滑落。剛才鳴叫的那隻烏鴉，正停在屋頂的頂端。另一隻烏鴉飛來，停在牠身旁。屋頂的另一頭，是我們昨天單手拿著修枝剪，興奮採著橘子的那片橘子園。橘子園上方，是無邊無際的藍天。

雖未經任何加工，卻百看不厭的景致。

真的好美。

春日 ハルヒブンコ 文庫
143

喜鵲的四季

カササギたちの四季

喜鵲的四季 / 道尾秀介作 ; 高詹燦譯. -- 初版. -- 臺北市 : 春天出版國際文化有限公司, 2024.01
面 ;　公分. -- (春日文庫 ; 143)
譯自 : カササギたちの四季
ISBN 978-957-741-801-2(平裝)

861.57　　112021231

ISBN 978-957-741-801-2
Printed in Taiwan

作　者　道尾秀介
譯　者　高詹燦
總編輯　莊宜勳
主　編　鍾靈

出版者　春天出版國際文化有限公司
地　址　台北市大安區忠孝東路4段303號4樓之1
電　話　02-7733-4070
傳　真　02-7733-4069
E－mail　bookspring@bookspring.com.tw
網　址　http://www.bookspring.com.tw
部落格　http://blog.pixnet.net/bookspring
郵政帳號　19705538
戶　名　春天出版國際文化有限公司
法律顧問　蕭顯忠律師事務所
出版日期　二〇二四年一月初版

定　價　350元

總經銷　楨德圖書事業有限公司
地　址　新北市新店區中興路二段196號8樓
電　話　02-8919-3186
傳　真　02-8914-5524
香港總代理　一代匯集
地　址　九龍旺角塘尾道64號 龍駒企業大廈10 B&D室
電　話　852-2783-8102
傳　真　852-2396-0050